国际大奖小说
国际安徒生奖
德国青少年文学奖

伊凡的画像

[美]保拉·福克斯/著
丁冬/译

天津出版传媒集团
新蕾出版社

图书在版编目(CIP)数据

伊凡的画像 / (美) 保拉·福克斯著；丁冬译. -- 天津 : 新蕾出版社, 2021.3(2022.3 重印)
(国际大奖小说)
ISBN 978-7-5307-7078-8

Ⅰ.①伊… Ⅱ.①保… ②丁… Ⅲ.①儿童小说–中篇小说–美国–现代 Ⅳ.①I712.84

中国版本图书馆 CIP 数据核字(2020)第 201289 号

PORTRAIT OF IVAN By PAULA FOX
Copyright © 1969 By PAULA FOX
This edition arranged with The Paula Fox Literary Trust
Through BIG APPLE AGENCY, INC., LABUAN, MALAYSIA.
Simplified Chinese translation copyright © 2021 by New Buds
Publishing House (Tianjin) Limited Company
ALL RIGHTS RESERVED
津图登字:02-2019-144

书 名	伊凡的画像 YIFAN DE HUAXIANG
出版发行	天津出版传媒集团 新蕾出版社
	http://www.newbuds.com.cn
地 址	天津市和平区西康路 35 号(300051)
出 版 人	马玉秀
电 话	总编办(022)23332422 发行部(022)23332351　23332679
传 真	(022)23332422
经 销	全国新华书店
印 刷	河北鹏润印刷有限公司
开 本	880mm×1230mm　1/32
字 数	50 千字
印 张	5
版 次	2021 年 3 月第 1 版　2022 年 3 月第 2 次印刷
定 价	26.00 元

著作权所有，请勿擅用本书制作各类出版物，违者必究。
如发现印、装质量问题，影响阅读，请与本社发行部联系调换。
地址:天津市和平区西康路 35 号
电话:(022)23332677　邮编:300051

一辈子的书

◎梅子涵

◆亲近文学◆

　　一个希望优秀的人,是应该亲近文学的。亲近文学的方式当然就是阅读。阅读那些经典和杰作,在故事和语言间得到和世俗不一样的气息,优雅的心情和感觉在这同时也就滋生出来;还有很多的智慧和见解,是你在受教育的课堂上和别的书里难以如此生动和有趣地看见的。慢慢地,慢慢地,这阅读就使你有了格调,有了不平庸的眼睛。其实谁不知道,十有八九你是不可能成为一个文学家的,而是当了电脑工程师、建筑设计师……可是亲近文学怎么就是为了要成为文学家,成为一个写小说的人呢?文学是抚摸所有人的灵魂的,如果真有一种叫作"灵魂"的东西的话。文学是这样的一盏灯,只要你亲近过它,那么不管你是在怎样的境遇里,每天从事怎样的职业和怎样地操持,是设计房子还是打制家具,它都会无声无息地照亮你,使你可能为一个城市、一个家庭的房间又添置了经典,添置了可以供世代的人去欣赏和享受的美,而不是才过了几年,人们已经在说,哎哟,好难看哟!

谁会不想要这样的一盏灯呢?

◆阅读优秀◆

文学是很丰富的,各种各样。但是它又的确分成优秀和平庸。我们哪怕可以活上三百岁,有很充裕的时间,还是有理由只阅读优秀的,而拒绝平庸的。所以一代一代年长的人总是劝说年轻的人:"阅读经典!"这是他们的前人告诉他们的,他们也有了深切的体会,所以再来告诉他们的后代。

这是人类的生命关怀。

美国诗人惠特曼有一首诗:《有一个孩子向前走去》。诗里说:

> 有一个孩子每天向前走去,
> 他看见最初的东西,他就变成那东西,
> 那东西就变成了他的一部分……

如果是早开的紫丁香,那么它会变成这个孩子的一部分;如果是杂乱的野草,那么它也会变成这个孩子的一部分。

我们都想看见一个孩子一步步地走进经典里去,走进优秀。

优秀和经典的书,不是只有那些很久年代以前的才是,只是安徒生,只是托尔斯泰,只是鲁迅;当代也有不少。只不过是我们不知道,所以没有告诉你;你的父母不知道,所以没有告诉你;你的老师可能也不知道,所以也没有告诉你。我们都已经看见了这种"不知道"所造成的阅读的稀少了。我们很焦急,所以我们总是非常热心地对你们说,它们在哪里,是什么书名,在哪儿可以买到。我就好想为你们开一张大书单,可以供你们去寻找、得到。像英国作家斯蒂文生写的那个李利一样,每天快要天黑的时候,他就拿着提灯和梯子走过来,在每一家的门口,把街灯点亮。我们也想当一个点灯的人,让你们在光亮中可以看见,看见那一本本被奇特地写出来的书,夜晚梦见里面的故事,白天的时候也必然想起和流连。一个孩子一天天地向前走去,长大了,很有知识,很有技能,还善良和有诗意,语言斯文……

同样是长大,那会多么不一样!

◆自己的书◆

优秀的文学书,也有不同。有很多是写给成年人的,也有专门写给孩子和青少年的。专门为孩子和青少年写文学书,不是从古就有的,而是历史不长。可是已经写出来的足以称得上琳琅和灿烂了。它可以算作是这二三百年来我们的文学里最值得炫耀的事情之一,几乎任何一本统计世纪文学成就的大书里都不会忘记写上这一笔,而且写上一个个具体的灿烂书名。

它们是我们自己的书。合乎年纪,合乎趣味,快活地笑或是严肃地思考,都是立在敬重我们生命的角度,不假冒天真,也不故意深刻。

它们是长大的人一生忘记不了的书,长大以后,他们才知道,原来这样的书,这些书里的故事和美妙,在长大之后读的文学书里再难遇见,可是因为他们读过了,所以没有遗憾。他们会这样劝说:"读一读吧,要不会遗憾的。"

我们不要像安徒生写的那棵小枞树,老急着长大,老以为自己已经长大,不理睬照射它的那么温暖的太阳光和充分的新鲜空气,连飞翔过去的小鸟,和早晨与晚间飘过去的红云也一点儿都不感兴趣,老想着我长大了,我长大了。

"请你跟我们一道享受你的生活吧!"太阳光说。

"请你在自由中享受你新鲜的青春吧!"空气说。

"请你尽情地阅读属于你的年龄的文学书吧!"梅子涵说。

现在的这些"国际大奖小说"就是这样的书。

它们真是非常好,读完了,放进你自己的书架,你永远也不会抽离的。

很多年后,你当父亲、母亲了,你会对儿子、女儿说:"读一读它们,我的孩子!"

你还会当爷爷、奶奶、外公和外婆,你会对孙辈们说:"读一读它们吧,我都珍藏了一辈子了!"

一辈子的书。

目 录

第一章 | 画室初见　　　001

第二章 | 哈利的雕塑展　　　018

第三章 | "你喜欢你的工作吗？"　　　045

第四章 | 一起去旅行　　　059

第五章 | 三个旅行者　　075

第六章 | 吉妮瓦和她的小船　　088

第七章 | 叫作"周日"的困境　　105

第八章 | 回家　　134

献给阿里安·豪

第一章
画室初见

"人们通常都不怎么读东西给我听,"男孩伊凡说,"没人这么做过。"

"从来没有吗?"画家问。

"一次都没有,除非你觉得读麦片盒上的文字也算读的话。管家曾经给我读过麦片盒上的一则参赛指南,是那种能赢好多钱的比赛。我们计划着要一起参加,如果赢了,就北上缅因州,去买下我之前听说过的一个岛。不过,她想去比缅因州暖和些的地方买岛。我们没办法达成共识,就决定还是不去尝试了。"

伊凡的画像

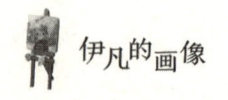

"那唱歌呢？有人给你唱过歌吗？"画家问。

"不,没有……除非生日快乐歌也算的话。我叔叔吉尔伯特和管家在我十一岁生日那天给我唱过。接着,叔叔喝了白兰地,管家和我吃了蛋糕,然后我们就一起出去看电影了。"

"如果你不想让曼德比小姐做你的朗读者,我可以让她离开。"画家说。

"我觉得我不会介意的。"伊凡说,"如果你让她离开的话,她会去哪里呢？"

"她想去哪里都行。"画家答道。

"我要坐到那里去吗？"伊凡问,手指向屋子正中间的小台子,那上面放着一把直背木椅。

"如果你想的话。"画家说。

"这……不是应该由你来告诉我坐在哪里吗？"男孩问。

"这次先不了。"画家说,"之后我会告诉你坐在哪里的。"

Portrait Of Ivan

到目前为止,曼德比小姐还没开口说过话。她的眼睛闭着,看上去像是睡着了。角落里,她坐着的那把摇椅轻轻地摇晃着,就像是有人刚从上面站起来,离开了房间一样。她用一条黑色围巾包住头发,缠了一圈又一圈,有几绺白发从里面掉出来,看上去仿佛一条一条的卫生纸。她的膝头上放着一本没打开的大部头书,她那瘦小苍白、布满皱纹的手指蜷曲在书的边角处。伊凡从站立的地方可以看到书的封面。

"那只动物打扮成了仆从的样子。"他兴味索然地说,"我已经过了听那类故事的年纪了。"

"我们得开始了。"画家说,"找个地方坐下来吧,伊凡。"

"伊凡?!"曼德比小姐叫道,她上身坐直,双眼大睁,"你怎么取了这么个名字?"

"我就坐在这个台子上面吧。"男孩边说边走上去,在木头椅子上坐了下来。

"现在,我不知道自己该展现出什么样子来。他们

伊凡的画像

给我拍照片的时候,这种事完全不需要思考,因为拍照的过程很快。家里到处都是我的照片,挂在墙上的、收在各个盒子里的、装在相框里摆在桌子上的。冬天,我能看见自己夏天时的样子;生病了,我能见到自己健康时的样子。家里也有许多其他的照片,有房子的、各类鸟和虫子的,还有贝壳的。我爸爸有七台照相机。我有两台。事实上,我有三台,算上上个月生日他刚刚送我的那台的话。"

"你不回答我的问题是很粗鲁的行为。"曼德比小姐说道。

"我很抱歉。"男孩说,"我刚刚在试着想明白该如何展现自己。"

"不用有太多顾虑。"画家说,"做你自己就好。"

"那样可能会让我在画里没什么看头,马斯塔扎先生。"伊凡说。

"叫我马特。"画家说。

"我问你呢,你怎么会叫'伊凡'这个名字?"曼德比

Portrait Of Ivan

小姐说,"这可不是个常见的名字。"

"因为我母亲是俄国人。"男孩说,"反正他们是这么告诉我的。我叔叔吉尔伯特说,她当年是乘着一架马拉的雪橇穿过风雪,离开俄国的。等雪橇跨过边境线后,我妈妈就去了华沙。我以前一直以为边境线是地面上画的一条线。但是,你没办法在雪地上画线哪,对不对?"

伊凡征询地看看曼德比小姐,又看了看画家。"对吧?就是没有办法。我又问了个傻问题。"他说,"我问过爸爸关于边境线的事。不过他说我妈妈没有和他讲太多,因为她那时只有三岁,什么都不记得。他说当时很可能有士兵站在周围,他们是边境线之所以成为边境线的关键。"

画家坐在凳子上,一动不动地盯着伊凡看,这让伊凡觉得有一点点害怕,就像是被问到了一个他永远都不会知道答案的问题。当一台照相机对准他时,他是不会看到相机后的那张脸的,只会看到某个头顶或者下

伊凡的画像

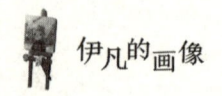

巴。画家低下头,看着放在腿上的大画夹,把它打开,翻到空白页,然后从一个窄窄的盒子里拿出一根细长的炭笔。

"在目前这个阶段,你是可以动的。"他说,"我是指在椅子上,不是满画室地乱跑。等过一段时间,你就得待住不能动了。这也是曼德比小姐之所以会在这里的原因,她会读故事给你听,好让你能像盘子里的梨一样安静地坐着。我希望这个故事足够吸引你,能把你变成一只梨。"

"我以为你会用油彩画我。"男孩说。

"我会用油彩画你。但我首先要画些速写,这样有助于我熟悉你的样子,我的手也需要熟悉。"

"我的样子是怎样的?"伊凡问。

"你有那么多照片,我以为你知道自己长什么样子。"曼德比小姐说。

"我知道自己在照片上的样子。"伊凡说,"但是我好像从来不知道自己真正的模样。"

Portrait Of Ivan

"那照镜子时呢?"曼德比小姐问。

"吉赛尔说,总照镜子会招来厄运的。吉赛尔就是我们家的管家,她是海地人,如果我们当时在买海岛的地点上达成一致,我们现在或许已经把那个麦片盒上的大奖赢到手了。"

画家画得很快,一页画纸翻过去之后,新的一页又被填满。在伊凡看来,那些黑色的线条很像树木的枝丫。

"你会请谁到你的岛上去?"画家问。

"吉赛尔、她丈夫,还有他们的两个孩子。如果吉尔伯特叔叔想来也行。"曼德比小姐盯着伊凡。他能感觉到她有问题没问出口。他知道他们俩都在纳闷儿,为什么自己没有提到父亲。从某种意义上讲,他希望他们问自己为什么没把父亲列入登岛名单当中。这会是一个令人紧张的问题,有点儿像伊凡去看大夫时,大夫会问的那种问题。

"哪里不舒服?"大夫一般会这样问。而在那一瞬

007

伊凡的画像

间,伊凡会暂时忘记身体上的不适,感觉好极了。不过,画家和曼德比小姐什么都没问。或许这样也挺好,其实伊凡并不知道该如何回答,他只知道父亲是不会喜欢小岛的。对于像他父亲那样一天到晚不是坐着飞机飞这儿飞那儿,就是在打长途电话的人来说,一座岛可是远远不够的。就像今天早上,父亲说他很快就得去趟加拉加斯①,尽管加拉加斯是一个远在千里之外的地方,可听上去,父亲依然是一副意兴索然的口气,仿佛他正在说的只是到转角的商店去买份报纸。

很长一段时间里都没有人说话。屋子里充满了灰尘以及其他什么东西的味道,可能是摊在桌子上的那些管状颜料散发出来的,也可能是那个放在小台子边的地面上、没有盖盖子的瓶子里那些看上去黏糊糊的黄色液体的味道,又或许是那边摞成一堆一堆的破布散发出的味道。他猜,画笔刷就是用那些破布来擦拭

---

① 加拉加斯:委内瑞拉首都。

Portrait Of Ivan

的，因为上面泅满了各种颜色。星星点点的灰尘在射进窗内的太阳光柱中飞舞。地上没有铺地毯。伊凡注意到，在屋子的一角，有一只小小的四脚炉子摆在一张桌子上。炉子有两个灶眼，一把瘢痕累累的蓝色咖啡壶正坐在其中一个灶眼上。炉子后面是一个大大的白色洗手盆，用一块粗笨的、歪歪斜斜的木头当作支架撑在下方。水盆后面有许多纤细的银色管子，彼此缠绕，看上去仿佛一幅由金属绘制的涂鸦作品。

"我想不出他们是怎么把那么多人塞到同一架雪橇上的。"伊凡突然开口说道，"这件事我想了好久好久。当时，雪橇上除了我妈妈之外，还有她的妈妈和哥哥。吉赛尔也想不明白，因为她的家乡海地从来没下过雪。"

"你想的是那种普通雪橇。"曼德比小姐说，"我猜那其实是一架雪地马车，足够大，可以载着人在冬天长距离行驶。"

"我回头可以给你画一辆。"画家说，"一会儿提醒

伊凡的画像

我,免得我忘了。"

"我从小就不喜欢上学。"曼德比小姐喃喃地说道,"我一直都觉得学校里的人蠢得厉害……我从来都听不懂他们跟我说的话,闹不明白他们想让我做的事。唯一能让我感兴趣的事只有看书。每堂课上,我都从头看到尾。一旦老师发现我膝盖上的书和我本应放在课桌上的书不是同一本,她就会把我带到校长办公室去。但是转天,我还是照旧看书。我猜,他们后来一定是放弃我了,因为在高中的最后一年,我读完了陀思妥耶夫斯基被译成英文的每一本小说。"

"哇!"画家感叹道。

"我每周二都会去公共图书馆。"曼德比小姐继续说道,"有天下午,我借的书太多太重了,等我回到家,我妈妈刚一打开门,我就抱着那些书直接跌倒在了地上。我记得我妈妈当时放声大笑,说我真是没救了。"

"那个瓶子里是什么?"伊凡问。

"亚麻籽油。"画家说。

"不过后来,"曼德比小姐仿佛没有听到他们两个人的对话似的继续说道,好像没有人打断她一样,"当我妈妈的眼睛患上白内障,你懂的,我开始为她读书,帮她打发漫长的时光,直到她生命的尽头。所以到头来,她很高兴我能这么喜欢阅读,因为这让她在生命的最后那段时光里,听到了许多连做梦都没梦到过的事情。"

"我妈妈也不在人世了。"伊凡说。

"我知道。"画家说,"你父亲来找我约画像的时候,就已经告诉我了。"

"我完全不记得她了。"伊凡说。然后,他停下来,等待画家和那位年迈的老太太说点什么,或是用"那种"神情看他一眼。但是,画家依旧画着他的速写,老太太则坐在前后摇晃着的椅子上,目光凝视着窗外。

人们通常都会对他说点什么,要不然就是自言自语地咕哝几句,然后再亲亲他,或者揉揉他的头发。其实,无论他妈妈遭遇了什么,那都已经是很久很久以前

伊凡的画像

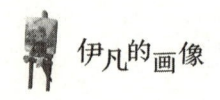

的事了,他那会儿甚至还不满一岁。可即便如此,他的老师们在和他说话时,脸上都会露出特定的神情,尤其是在他本应该去做什么而没有做的时候,或者是把作业本、课本弄丢的时候。那种特定的神情会让他觉得,无论自己犯了什么错都能得到原谅。

可画家和曼德比小姐看向他的目光中并没有那种神情,这反而令伊凡感到有些不自在。一直坐在硬邦邦的椅子上让他的屁股开始隐隐作痛,他站起来伸了个懒腰。画家看着他点了点头,仿佛在说:如果伊凡觉得累了,这样活动一下身体是完全没问题的。随后,他和曼德比小姐聊了起来。

"听你谈起关于读书的事情,我觉得特别有意思,因为我自己很少看书,一打开书就会让我坐立不安。"

"而我的梦都是从翻开书的那一刻开始的。"曼德比小姐说。

"咱们来喝杯咖啡吧。"画家说着,放下手中的画夹,走到炉子旁边。在他给那把瘢痕累累的蓝色咖啡壶

Portrait Of Ivan

加水的时候,伊凡从台子上跳下来,走到一个巨大的木质画架跟前,他之前没注意到它的存在。画架上到处都是斑驳的油彩,同这个画室里的每一样东西一样,看起来又老又旧、饱经风霜。不算画家本人,伊凡想,他作为一个成年人,看起来倒是挺年轻、挺有朝气的。

画架的木头触感温暖,像是夏天里的树干。伊凡绕到画架后面,将头钻进支撑画架的后柱和摆放帆布画稿的横梁之间,然后朝外看去,假装自己就是一幅画。

"我在画中就是这个样子。"他说。

曼德比小姐和画家闻声看向他。画家笑了起来。

"分毫不差。"画家说。

"这个创意够奇怪的。"曼德比小姐评论道,"想象一下,一整间画廊里,都是从画框中探出头来的大活人!"

画家等到水像火山喷发般沸腾起来时,才往里面丢了一捧咖啡。接着,他用一块洇满了颜料的破布垫着手,把咖啡壶从灶眼上拎了下来。

伊凡的画像

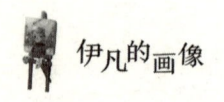

"你要来点吗,伊凡?"他问。

"好的。"伊凡说道,"吉赛尔每天早上也是这样煮咖啡的。在我去上学之前,我们会一起喝上一杯。她还会教我说几句法语,比如'咖啡加奶②'。"

"可惜我这儿没有牛奶。"画家说,"你只能喝黑咖啡了。"

他们三个人就坐在阳光照耀的窗边,用烫手的锡质马克杯喝着咖啡。伊凡觉得这咖啡又苦又浓,不过,他决定从今往后都只喝黑咖啡了,它能给他带来轻微的眩晕感,同时又让他觉得自己变得成熟与坚强,没有什么事情应付不来。

"我是不是该坐回那把椅子上了?"喝完咖啡后,伊凡开口问道。曼德比小姐正翻看着放在她腿上的书。"我的祖父和这个青蛙仆从长得很像。"她说。

"今天就到这儿吧。"画家说,"你走之前,我把那架

---

①原文为法语。

Portrait Of Ivan

雪橇车画出来给你看。"他捡起咖啡杯,"咣"的一声扔进水池,然后从桌上抽起一张大大的纸。伊凡走过来,站在他身边,看着他用黑色的蜡笔画了起来。

"噢!"伊凡惊叹道,"原来它是这个样子的呀!"

"就是这样的。我还画了一棵松树。下周六你来的时候,我再把拉雪橇车的马也画上。"

伊凡看着那架雪橇车。它看起来好大好结实呀!这样一来,一匹马肯定拉不动。画家又添上了几道车辙印,这样一来,雪橇车看起来就不是停在画纸上一动不动,而是正穿过雪原,奔驰在路上,将那棵松树远远抛在了后面。

"谢谢!"伊凡一边目不转睛地盯着雪橇车看,一边说道,"我完全没想到它是这样的。"

"你今天下午打算做点什么?"曼德比小姐问他。

"看电影。"伊凡答道,"吉赛尔和我先去跟她的两个孩子——路易斯和安奈特会合,然后我们再一起去电影院,就在我家附近。"他们四个会坐在黑暗的放映

伊凡的画像

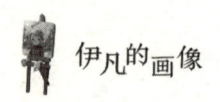

厅里，鼻子里充斥着旧地毯的味道，嘴巴里吃着糖果。有时，他还会和吉赛尔低声议论几句这部电影好傻，或者好吓人。

"今天我们要看的是科幻片。"伊凡说，"我最喜欢的类型。"

"也是我最喜欢的类型。"画家说，"或者说，是我唯一真心喜欢的类型。"

"我可一点儿都不喜欢科幻片。"曼德比小姐说。

伊凡从墙壁的钉子上取下自己的外套，那是他来的时候画家帮他挂上去的。他站在这间画室的门口，犹豫着，他觉得自己有些不想离开这里。

曼德比小姐正在往头巾里面塞碎头发。画家正仔细审视着为伊凡画的那几张速写。在这扇门与吉赛尔正坐在里面等待着他的、伊凡自己家的厨房之间，是一段通向街道的楼梯、一条步行至公交车站的街道、几站地的公交车车程，以及最终通向他家那栋房子的林荫大道。突然，伊凡返身跑回画室，冲到那瓶放在地板上的、没有盖盖子的亚麻籽油跟前。他拾起瓶子,深吸了一口气。

"我只是想知道它闻起来是什么味道。"他说着,感觉自己有点儿蠢兮兮的。

"啊,等一下!"画家说。他在一堆罐子、颜料管和瓶子里翻找了一会儿,最终找出一个小小的塑料瓶。他往小瓶子里面倒了一点儿亚麻籽油,然后伸出手,将它递给伊凡。

"拿着。"他说,"在你下周过来之前,这个味道能让你随时想起这个地方。"

走下那段窄窄的楼梯,伊凡时不时地就去闻一下手中的亚麻籽油。即使是在公交车上,每当确认过没有人在盯着自己看之后,他都会把小瓶子举到鼻子旁边闻一闻。他就这样一路回了家,仿佛自己从未离开过画室。

第二章
哈利的雕塑展

"你好哇,伊凡。"画家招呼道,"你来的时间刚刚好。"

"你好,马斯塔扎先生。"

"叫我马特就行。"

曼德比小姐依旧像上周六那样坐在摇椅上,如果不是她这次把黑头巾换成了紫头巾,伊凡或许会以为她这七天以来一直都没动过地方。她的膝头上放着的还是上周那本书,只不过这一次书页是翻开的。从她低着头专注的凝视中,伊凡知道她正在阅读那本书。

Portrait Of Ivan

今天的天空灰蒙蒙的，透过窗户照进来的光线直白而了无生气。不过，这倒是让画室里的所有物品轮廓更加清晰，看上去更加一目了然。于是，伊凡发现了一些他上周六没注意到的东西。

"那是什么？"他指着一个由许多窄长的隔断组成的、像一个大型拼插玩具似的木质结构问道，有一些隔断里竖放着大幅的、装裱好的油画，"还有，那扇门通向哪里呀？"

"你好哇，伊凡。"曼德比小姐从她的书上抬起头来。

"你好，曼德比小姐。"伊凡说。她对他笑得很慈祥。但不知为何，伊凡觉得她对于究竟是谁站在这里其实并不是很在意。或许她同时在给许多孩子读书吧。

"那是我用来放画的。"马特说，"还有一些放在我的画廊里。而那扇小门后面是盥洗室。"

"你的画廊？"伊凡问。

"对，我的画廊。"马特说，"我会在那里展示我的画

伊凡的画像

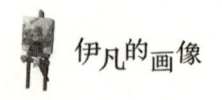

作。如果有人想买我的画,他们就可以去画廊一边看一边挑选。"

"就好比是你写了本书,"曼德比小姐说,"你会把它拿给出版商看,如果出版商喜欢,就会把书出版,人们就能购买到这本书了。画廊之于画家就如同出版商之于作家一样。"

伊凡把外套挂到墙壁的钉子上,然后看向画家摊放在桌子上的那张用蜡笔画的雪橇图。

"我家里有那么多的照片,可是没有一张是我妈妈的。"伊凡说道,"我到处都找过了,还问了吉尔伯特叔叔,可他也不知道这是为什么。或许,是有人不经意间弄丢了,比如把它们都放在一个盒子里,之后却把整个盒子一股脑儿地扔掉了。"

伊凡走上台子。在坐到那把木头椅子上之前,他想起了曾经和吉尔伯特叔叔的对话。

吉尔伯特叔叔很爱开玩笑,还经常给伊凡带来各种奇奇怪怪的礼物,比如把一张一美元纸币叠起来,塞

Portrait Of Ivan

进一个土豆里,再用卫生纸把整个土豆包得密不透风,制成一具土豆"木乃伊"。但就是这样一个人,在伊凡问到他母亲照片的时候,他却没有再开玩笑。

"我不知道我哥哥是怎么处理那些照片的。"他是这样回答伊凡的。

伊凡没有告诉画家的是,他已经不止一次地四处搜寻过母亲的照片了。有一次,他和吉赛尔将房子里的每一个柜子和抽屉里的东西都倒腾了出来,可依旧一无所获。

"为什么不问问你的父亲?"曼德比小姐问。

"她的头发是黑色的。"伊凡自顾自说道。他被曼德比小姐问得有点儿蒙,仿佛正身处一辆摇摇晃晃的自行车上。他不知道自己为什么没有问过父亲。

"今天你得坐得老实一些了。"画家说,"我想看看光打在你身上和椅子上的明暗效果。首先让我确认一下椅子的位置。"

画家并不是一步一步慢慢走过去的,而是猛跨两

伊凡的画像

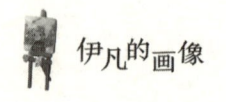

大步,冲到摆放椅子的平台边,然后"噌"地一下子跳了上去。接着,他像个大力士一样一把抄起椅子,在空中挥舞了一番后,又稳稳地放了回去。

"好身手!"曼德比小姐叫道。伊凡大笑起来。那把椅子现在的位置和刚刚离开地面前分毫不差。

"坐吧,伊凡。"画家说道。

就在伊凡坐下的那一刻,曼德比小姐开始大声朗读起来。尽管伊凡不是很想听,但她读的内容还是一字不漏地钻进他的耳朵。不过,与对方想要令他乖乖坐着的目的相反,他发现自己越发地如坐针毡,因为他很想争论——同曼德比小姐用她那尖细高亢的嗓音所读出来的故事去争论。

好像真有人能从一面镜子里钻进去,再从另一边钻出来一样!伊凡不以为然地想。

"你要是想钻到一面镜子里去,你的头骨会碎掉的!"他突然喊出声音来,硬生生地将曼德比小姐读到一半的句子打断。

"可这是一个童话故事呀。"曼德比小姐温和地抗辩道。

这点伊凡是知道的。

"就像是做了一场梦……"画家补充道。

"我从来不做梦。"伊凡说。

"那种天马行空的白日梦呢?也不做吗?"曼德比小姐问。

"我喜欢听真实的故事。"伊凡说,"比如吉赛尔曾经给我讲过,她之前住在海地的大山里,有时,会有强盗闯进她家所在的村庄,大家就只能躲到墓地里去。我的叔叔吉尔伯特给我讲过许多打仗的故事。有一次,他还讲了他在开罗赢了一场骆驼赛跑的故事。"

"我觉得我的整个一生就像是一场梦。"曼德比小姐沉吟道。她抬起手,把一缕碎发塞进头巾里。

"你脑海中的雪橇呢?"画家问伊凡,"那不算是某种梦境吗?"

"可那是真实发生过的。"伊凡执拗地答道。他感觉

伊凡的画像

浑身都在发热,有些喘不上气来,像是被困在了一件老旧的、不合身的毛衣里面。

"可是,我们只能靠想象去猜测当时的真实情况。"画家坚持道,眼睛直视着伊凡,"没有人给当时的场景拍下照片。你是从你的叔叔那儿听说的,而他又是从别人那儿听说的。之后你告诉了我,曼德比小姐又给我描述出雪橇的样子。今天我就把那些拉雪橇的马画上去。可我确实不知道当时有多少匹,也不知道它们都是什么品种的马。"

"而你还说你最喜欢科幻片。"曼德比小姐说道。

"那是科学。"伊凡说。

"要我说,"曼德比小姐口中嘟囔着,"科学才是最大的童话!"

"咖啡时间到了!"画家说。他起身走向炉子,嘴里还大声地哼着歌。一开始,伊凡以为那是某种外语,接着,他意识到,画家只是在自创词语。

"咖啡意欧拉……"画家唱道。伊凡又忍不住大笑

Portrait Of Ivan

起来。

"你今天会去看什么电影?"他们喝咖啡的时候,曼德比小姐问伊凡。

"我今天不看电影了。"伊凡说,"今天下午吉赛尔要带路易斯去看牙。"

"哦,那你打算做些别的什么呢?"她问。

"我要继续收集收音机电路板的照片。"伊凡答道,"实际上,到目前为止我只找到一张。不过好在我有叔叔带过来的好多杂志,可以从中翻翻看。"

"电路究竟是个什么东西?"曼德比小姐问。

"是供电流通过的路径。"伊凡很高兴能将角色暂时调换,向她提供一些有用的信息。

"接下来你就要告诉我,电的存在不是童话故事了吧?"她说道。

"或许你可以和我一起去参加一个开幕式。"画家对伊凡说,"我有个朋友的金属雕塑展今天下午开展,就在这儿附近。"没等伊凡答话,画家向那张堆放着杂

伊凡的画像

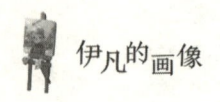

物的桌子走去,回来时手里多了一小块长方形的塑料板。他把它放到伊凡的膝盖上。塑料板朝上的一面嵌着错综复杂的银色线路,伊凡把它翻过来,只见有九只小小的棕色圆管被订书钉固定在上面,每一只圆管又被两根橙色的导线环绕着,在它们之下,是十只极小的晶体管。

"这是一个老式收音机的电路板。"画家说,"我花十美分从一家旧货店里买的。"

"是真的电路板!"伊凡兴奋地叫道。

"怎么看出来是真的?"曼德比小姐也叫道,"它在我看来就像个变戏法用的道具!"

"拿去玩吧。"画家对伊凡说,"怎么样?想到那个开幕式上去看看吗?"

"想去。"伊凡说,"我得给吉赛尔打个电话。"

"电话机在那边。"画家说,"就在那堆破布下面。你也一起去吧,曼德比小姐。"

"我得回家喂我的小猫。"曼德比小姐说。

"把它也带上嘛。"画家说。

伊凡给吉赛尔打了电话,告诉她自己要和画家去出席一个开幕式,而她告诉他没问题,她会把他的晚餐单独留出来。挂断电话后,伊凡走到那幅画了雪橇车的蜡笔画跟前。画家也走了过来,站在他身边。

"咱们给它画上四匹马吧。"画家说。

"也可以画三匹。"曼德比小姐说,"那它就成了一架三套车。我从之前读的书里了解到的。"

伊凡揣测着她是不是借此在嘲笑自己。或许将来,有朝一日,他也可以看书看得像曼德比小姐一样多、一样快,只不过他怀疑自己根本不会去看曼德比小姐读的那种书,哪怕只看一眼。

画家画得很快。在伊凡的眼中,那些马仿佛是从白纸上凭空出现的。它们"破纸"而出,准确地落在雪橇车的车辙之间,它们浑身的肌肉都紧紧地绷着,拖着身后那架巨大的、空空荡荡的雪橇车,正奋力地向前狂奔。

伊凡觉得,同他上周看到的相比,那棵小松树的枝

伊凡的画像

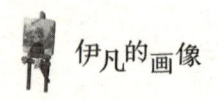

丫上仿佛落了更多的雪,尽管他知道这并不可能。下意识地,他的手便朝那棵树伸了过去。画家停下手中的画笔,看着伊凡探出的手。"没事,你继续。"他说。

伊凡的手指拂过小树,感受着蜡笔笔触所留下的那种蜡质的滑腻感。随后,他将手收回。它便又是一棵树枝上落满了白雪的、栩栩如生的松树!

"还不错吧?"画家笑着问道。

曼德比小姐也走了过来。她垂眼端详着这幅画。"雪橇车上应该有些毛皮毯子。"她说,"不过可以等到你画那些坐在里面的人的时候再说。除此之外,再有一个岗哨就可以表示出这里是边境了。"

"下周六吧。"画家说,"现在我们该去参加哈利的开幕式了。"

在离画室一个街区远的地方,他们和曼德比小姐话别。

"或许我一会儿会来找你们的。"她在同他们握手之后说。

Portrait Of Ivan

"她很可能一走进自己的屋子就把这事忘了。"他们俩沿着街道继续向前走,画家边走边对伊凡说道,"她会打开某一本书,然后便忘了今夕何夕。不过也说不准,如果她感到孤单,她就会来了。"

伊凡有些吃惊,他很少听到一个成年人这样去评价另一个成年人。他想着曼德比小姐,琢磨着她到底有多大年纪了。一想到人这么大年纪了却还会孤单,他就感到十分不安。不过,画家能和他聊这些,这令他感觉很不错。

"咱们到了。"画家说着,在一处看起来像是家商店的建筑前停了下来。只是这家店的玻璃橱窗里面摆的不是水果罐头、鞋子、网球拍,而是挤满了人。那些人挤在一台小型机器的周围,而那台机器正用一条小小的金属手臂反复地往自己身上抛乒乓球。随着乒乓球一个一个地在空中画下弧线,人们都哈哈大笑起来。

画家拉起伊凡的手,领他走下两级台阶,进到建筑里,这里面已经人满为患。

伊凡的画像

"动力学!"有人在伊凡头顶上方喊道。

"四处看看吧,"画家说,"不过别指望能好好欣赏哈利的作品。你永远无法在开幕式上见到艺术家的作品,你能见到的只有人。"

就在这时,一个块头很大却一脸和气,还留着大胡子的男人抓住了画家的胳膊。

"这就是雕塑家本尊。他叫哈利。"画家咧开嘴笑着说,"而这位是伊凡。他从来没参加过展览的开幕式。"

"我倒希望自己也从没参加过开幕式,马特。"哈利闷闷不乐地说,"听听这些噪声!看看那些胳膊!我就算离开都不会有人发现的,甚至我爬到屋顶上也不会有人多看一眼。他们还把我所有的葡萄酒都喝光了!不过应该还剩下点姜汁汽水。伊凡,你想喝姜汁汽水吗?跟我来吧。咱们得想办法杀出一条路来。"

他抓住伊凡的胳膊:"埋头向前挤,不要抬头看!"可这时,一位又高又瘦的女士上前一把搂住了哈利的脖子。她肩上披着一条棕色的毯子,两只耳环长长的,

Portrait Of Ivan

直垂到毯子上。

"简直棒极了!"她叫道,"这些作品太美了!"

伊凡不经意地低头往地板上看,恰好看到哈利脚上穿着的是在卧室里穿的那种拖鞋,有一只袜子好像还穿反了,要不就是和另一只根本不是一对。而那位披着毯子的女士的其中一只脚踝上居然缠了一根宽宽的橙色丝带。哈利松开了伊凡的胳膊,与此同时,有一大群人仿佛被激流推动着,拥进了他们中间,把他们冲散了。随后,伊凡发现自己被推到了屋子的另一个区域,这里的人略少了一些,伊凡也得以看到哈利的另一件作品。这件雕塑由两条长长的金属手臂组成,它们被安置在一个底座上,正一前一后地缓慢摇动着,每次在半空中交会前还会短暂地停顿一下,好像在犹豫要不要跟对方打个招呼。

不知怎地,它们令伊凡一下子笑出声来。"这就对啦,我的孩子!"一个声音从他身后传来。

"他不应该笑!"另一个声音一本正经地说,"这是

伊凡的画像

件严肃的作品。"

"这是我的作品,我说他可以笑,他就可以笑!"第一个声音怒气冲冲地反驳道。接着,一个装满姜汁汽水的纸杯被塞进了伊凡的手里。

伊凡抬起头,再一次看到了哈利。"在他们把我拉走之前,快拿好!"雕塑家喊道。

冰镇的姜汁汽水已经不凉了,不过伊凡很开心雕塑家没有忘记他。他仰起头,一口气把汽水喝光,当他再次平视前方时,哈利已经又不见了。哈利刚刚站着的地方现在站着两个正在交谈的清瘦男人。伊凡看得出来,那两个人其实谁都没在听对方讲话,可时不时地,他们俩还会同时停顿一下,之后再次滔滔不绝起来,像极了哈利那件由两条金属手臂组成的雕塑作品。

在他们四周围了许多人,那些人的四周又围了更多的人。哈利的雕塑作品被淹没在了人群中间,比如那条反复往自己身上扔乒乓球的金属手臂,那只不停敲击着金属块的小金属锤子,以及那颗正从金属斜坡上

Portrait Of Ivan

向下滚落的金属球。地板被人们丢弃的纸杯和纸巾埋在了下面——据伊凡观察,人们往地上丢这些垃圾时的神态,都透着一种鬼鬼祟祟的味道。从烟斗、雪茄和香烟中升腾而出的烟雾弥漫在整间屋子里,噪声的分贝也在不断升级,伊凡已经无法辨认出任何单一的声音了。

伊凡觉得自己从未置身于如此拥挤的人群之中过,当然了,除了全校学生直接从礼堂解散的时候、坐公共汽车不慎赶上早晚高峰的时候,以及好几个班级同时在体育馆里活动的时候。家里总是那么安静,以至于他和吉赛尔从不同的房间跟对方说话的时候,都不用刻意提高嗓门儿;吉尔伯特叔叔虽然笑起来声音很大,但说话时却像是在你的耳边低语;而伊凡的父亲总是用最低沉的语调说着最精练的句子,伊凡甚至可以数出他一天中一共说过几个字,"用过"几次句号。晚上听收音机时,伊凡也会把音量调得很低,因为如果父亲在家,并注意到他还有作业没做,就会要求他把收音机

伊凡的画像

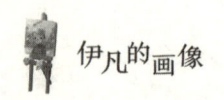

关掉。而电视节目大部分时间里都很无聊,伊凡从不在意电视机是否是静音的。所以,习惯了安静的伊凡此时站在这间屋子里,觉得自己就像是被装进了一只洗衣袋,然后又被扔进了高速旋转着的洗衣机里头。

他低下头,按照哈利教的那样费力地挤出人潮,来到屋外。当他回头向橱窗内看去时,有一种整个老商店马上就要在他眼前被挤爆的感觉,而屋内的所有人都会呈直线飞出,就像他和吉尔伯特叔叔曾经在马戏团看到的那个被大炮射出去的"飞人"一样。

那台往自己身上抛乒乓球的机器这会儿已经停止了工作,可能是因为有三个人正倚在它身上,还有一只被捏扁的纸杯套在了它的金属手臂上。在人群的正中央,伊凡看到哈利的头冒出来一下,紧接着又消失不见了,仿佛他正在一张小蹦床上跳来跳去似的。突然,就在哈利的脑袋又一次出现时,伊凡看到一只手从人群中伸过去,一把把哈利的胡子从他脸上扯了下来。哈利立刻矮下身去,之后再也没有露出头过,直到他和马特

Portrait Of Ivan

一起从门内挤出来,站到了伊凡跟前。

"天哪!"哈利叫道。伊凡直盯着哈利手里拿着的胡子瞧。"给你拿去玩吧,孩子!"哈利说,"这玩意儿我家里还有十一个呢。"说着,他一把把胡子塞到伊凡怀里。伊凡这才发现,这副假胡子其实是用好多棕色的碎纸条制成的。那些纸条像圣诞节时的装饰彩带一样弯弯曲曲的,全都用胶水粘在一块粗布上。

马特则微笑着看着伊凡。"你喜欢这个开幕式吗?"他问。

"根本没有人好好看展品。"伊凡说。

"展览开幕式就是这样的。"哈利说,"不过那些真正想看我作品的人还会再回来的。"

这个开幕式让伊凡想起他在非常小的时候参加过的一个生日派对。那天,还走在半路上,他的胃就开始不舒服,很想吐。吉赛尔只得让他坐在人行道上,俯下身,直到那种眩晕又恶心的感觉彻底过去。后来,当他终于到达举办生日聚会的那栋房子时,他又过于兴奋,

伊凡的画像

以至于忘了过生日的男孩的名字。当吉赛尔五点钟回来接他的时候,他感觉自己好像压根儿就没参加过生日聚会一样。他想把这件事告诉马特,但又觉得哈利不会太感兴趣。

这会儿,哈利正紧张兮兮地向窗内张望着。

"我得回里面去了。"他说,"但我一会儿会在'路易吉'和你碰头。"接着,他转向伊凡:"多谢你来参加我的展览开幕式。"

"你能和我们一起吃晚饭吗?"马特问伊凡,"喜欢意大利美食吗?"

"意大利面吗?"伊凡问。

"意大利美食可不止于此。你能来吗?"

"是的,我可以。"伊凡说。实际上,他并不知道自己能不能去。但此刻除了他自己之外也无人可问,所以他给了肯定的答复。

"一会儿见。"哈利说,"我要回到那个人挤人的屋子里去了。"

Portrait Of Ivan

马特和伊凡步行走过几个街区,直到马特停下脚步,开口说:"路易吉到了。"

伊凡走进这家名叫路易吉的餐馆。地板上铺着锯末,空气中充满了好闻的食物的味道。在放葡萄酒的架子的那面墙上挂着一张站在阴影中的女人的照片,一位很老很老的妇人站在照片下方,正朝伊凡微笑着。她的白发绾成了一个髻,鼻梁很高,从眉目依稀可以看出照片中那个女人的模样。"她就是这儿的女主人。"马特说道。

"你最近好吗[①],马特?"她跟画家打招呼。

"挺好的[②]。"马特说道,"您看,我还带了一个朋友来呢。"

"非常好。"老婆婆笑着看着伊凡。

一位同样很年迈的侍者将他们领到一张大圆桌旁就座。桌上铺着白色的桌布,上面放着一个装有面包的

---

① 原文为意大利语。
② 原文为意大利语。

伊凡的画像

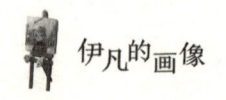

草编篮子,还有一满碗磨碎的芝士。马特递给伊凡一份菜单,而伊凡随即就递了回去。

"我觉得我连英文的都不一定能看懂。"伊凡说。

"那我就给你点份宽意面吧。"马特说。

年迈的侍者在给他们上菜时叹了口气,在桌边给他们拌沙拉的时候又叹了一口气。"我的年纪越来越大了。"他说道,"连橄榄油瓶子都快拿不动了。"

宽意面是一种用奶油、黄油烹制的扁面条,非常美味。马特则要了一杯红酒,还有一碗满满都是青色贝壳的汤。

"把哈利的胡子放下吧。"马特说,"都沾上酱汁了。"

伊凡这才注意到自己一直将那副假胡子攥在手里。"你吃的那个是什么?"他问道。

"青口贝。"马特说,"一种可食用的软体动物。你要来点吗?"

"还是不了。"伊凡说。

"你的宽意面怎么样?"

"棒极了!"

"多吃点。"老侍者经过他们这桌时说。他手里端着满满一盘的食物,正要给别桌的客人送去。

过了一会儿,哈利来了,同他一起来的还有那位披着棕色毯子的女士,以及另外两个人,他们都坐到了马特这一桌。桌面很快就被餐盘挤得满满当当,有些菜伊凡之前都没听说过,比如鱿鱼,哈利解释说那就是一种章鱼。每个人都在大快朵颐,他们大口地吃着自己盘子里的菜,不时用手指撕下一片白面包,然后把那片巨大的、柔软的面包塞进嘴里。每个人都在交谈、大笑,但看上去不像在展览开幕式上那么糟糕,因为他们真的会时不时地停下来,认真聆听另一个人说话。

在伊凡看来,最棒的事莫过于没人觉得必须要问他些什么才不会冷场。"尝尝这个油炸薄肉片。"有人这样建议道,然后递给他一叉子小牛肉片。"你可得试试我的西蓝花。"还有人这样说。这感觉真不错,就好像每

伊凡的画像

一件事他都参与其中,同时又不会被特殊地关注与对待。

马特给伊凡点了一小杯冰激凌当作饭后甜点。"饼干果子冰激凌。"他说,"味道很特别。"确实很特别。之后,伊凡又喝了杯咖啡,一点儿奶都没有加,味道非常浓郁,马特还往里头扔了一小片柠檬。当伊凡的视线从沉入咖啡的柠檬上抬起来,他看到曼德比小姐正站在马特身后。哈利从旁边的一张空桌旁给她搬来把椅子,所有人都在挪动座椅,好腾出地方让她坐下。没有人对她的出现表现出吃惊的样子,而她也只是说了一句:"我就知道能在这儿找到你们。"

"好吧。"哈利说,"开幕式还是不错的。但这顿晚餐才是最棒的部分。"

"棒极了!"披着棕色毯子的女士一边说着,一边用面包擦着盘子里的酱汁。

马特带着伊凡乘公交车回家,在路上,他告诉他,那位披着毯子的女士每年夏天都会去新墨西哥州的沙

Portrait Of Ivan

漠里教纳瓦霍人①的孩子们识字;而哈利任职于一所艺术学校,一年到头只有很少的空闲时间可以专注地鼓捣他那些金属雕塑;还有那两个同他们一起就餐的画家,一个一有机会就跑去意大利,因为他十分热爱那个国家,再加上那儿的物价也比这里低,所以他一整个冬天都在一家大型百货公司里打工,好挣够下一次去米兰的开销。而另外一个呢,则每年都会在一家摩托车行工作半年,然后在夏天和秋天的时候去佛蒙特州,他在那儿有一间大仓库,可以让他安心作画。

"他们靠卖画挣不到足够的钱吗?所以才必须做些其他工作?"伊凡问。

"是的。"马特说,"除非他们很有名,不然肯定是不够的。不过他们从不抱怨,因为他们所从事的工作都是他们自己想做的。"

伊凡想了一会儿,然后问道:"你也是因为这个原

---

①美洲最大的土著民族,多居于美国亚利桑那州、新墨西哥州和犹他州。

伊凡的画像

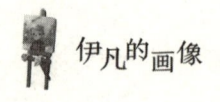

因才给人画肖像画吗?这样你才有钱去画其他的?"

马特没有立刻回答,而是将目光转向了车窗外。伊凡可以从玻璃上看到他的脸。

"是的。"终于,他开口道,"不过我也喜欢画人像的,不是一直喜欢,有时候吧。比如这一次,我就很高兴能为你画肖像画。"

伊凡想着那些画家,他们做的全都是他们自己喜爱的工作。他又想到吉尔伯特叔叔、吉赛尔和自己的父亲。他们是否喜欢自己的工作呢?

当他们来到伊凡家的房子前,马特说道:"别忘了你的胡子。"

"谢谢你送我回来。"伊凡说着,冲他挥了挥攥着假胡子的那只手。

"下周见啦。"马特说。

"还要谢谢你请我吃宽意面。"伊凡说。他转过身,从口袋里拿出钥匙,打开大门。走廊的灯是开着的。他在原地站了一会儿,听着屋子里的动静。然后,他看向

Portrait Of Ivan

平时用来放信件的桌子上方挂着的镜子。他把胡子举起来,轻轻地贴在脸上,反复按压,直到残余的胶水完全将胡子粘在他的两颊上。镜子里的他看上去奇怪极了。

他踮着脚穿过走廊,经过父亲的房间。透过门缝,他能看到那只放在父亲床头柜上的电子闹钟,上面的数字在黑暗中隐隐地闪烁着。就在这时,父亲突然从床上坐了起来。

"谁呀……"他迷迷糊糊地问。接着,他便下床向门边跑来。

"我的老天,伊凡!那是什么?胡子?"

"是纸糊的假胡子。"伊凡答道。

令他没想到的是,父亲竟然哈哈大笑起来。

"我还以为我一觉睡了二十年,你已经长成一个留着胡子的小老头儿了。"父亲笑得将身体倚在了门框上。

"听着,"他说道,"我要把你戴着胡子的样子拍下

伊凡的画像

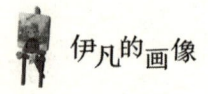

来。等我一下。"

"你就不能只用眼睛记下来吗……"伊凡觉得自己困极了。

第三章
"你喜欢你的工作吗？"

伊凡跟吉赛尔讲了他在展览开幕式上看到的雕塑作品，还讲了哈利、披着棕色毯子的女士，以及那些画家。然后，他问她："你喜欢你的工作吗？"

吉赛尔放下手里正在刷洗的煎锅，重复了一遍他的话："我喜欢我的工作吗？"她随即大笑起来，耸了耸肩，说："C'est la vie！"伊凡知道，这句话的意思是：这就是人生！

吉赛尔走到餐桌旁，坐到正在做家庭作业的伊凡旁边，继续说道："我本想开一间小小的时装店，就在太

伊凡的画像

子港①,我自己设计衣服和帽子,在店里摆上装了鹦鹉的白色鸟笼、精致的藤椅,还要摆上许多花。墙上的绘画全都出自海地画家之手,我可以把它们卖给游客。可是,话说回来,谁给我提供买鸟笼、布料和针线的钱呢?谁又会来买我做的衣服呢?而那些画家,现在应该已经揭不开锅了吧。"

看上去,吉赛尔完全不是在同他讲话。伊凡有些难过,感觉像是有一辆车子在他面前扬长而去,而他被独自留在了街角。

"你当时为什么不留在海地呢?"他问。

"我丈夫在那儿找不到工作。我也找不到。我们不得不到这儿来寻找机会。现在,我的孩子们都快忘了法语怎么说了。"

伊凡拿起他的《社会学》课本,翻到讲水利的那一章。印得满满的铅字让他浑身都紧张起来,就像是有一

---

①海地共和国的首都。

个军团的蚊子同时叮在他身上。这一章很长,他本应该从上周末就开始看起的,而不是一直拖到现在。他感觉自己快哭了。

"可是,从某些方面来讲,这里也没那么差劲。"吉赛尔笑着说道,"因为我遇见了你。"

第二天早晨,吉赛尔给他带来了一只小巧的、用泥捏成的公鸡。"一位海地艺术家做的。"她说,"现在他住在芝加哥,靠每晚清扫办公室赚钱为生。"

吉尔伯特叔叔周三来吃晚饭的时候,伊凡问了他同样的问题:"你喜欢你的工作吗?"

"多么奇怪的问题。"吉尔伯特叔叔评论道,"我想想……"他撕开雪茄的包装,然后像往常一样,把商标纸取下来递给伊凡。尽管伊凡觉得自己早已过了戴纸戒指玩的年纪,但还是默默地把商标纸套在了手指上。

"我应该喜欢吧。"吉尔伯特叔叔一边点上雪茄一边说道,"你永远也不会猜到,在下一个走进店铺的人的口袋中,那叮当作响的会是什么非同寻常的钱币。有

伊凡的画像

一次,一位很久之前去过埃及的老妇人决定把她那枚公元三世纪的埃及铜币卖掉。公元三世纪的钱币呀!你能想象吗?!每当我打开精美的藏品目录,看着里面那些古希腊时期的钱币,我都会觉得很幸福。而当我亲手把一枚1780年发行的玛丽亚·特蕾西亚女皇时期的银币放在托盘上,然后再隔着玻璃罩观赏它,想象着那些铸造它、使用过它的手的时候,我简直幸福得都要跳起来了!"

他把一枚硬币递给伊凡。"我这次带了它给你,"他说,"是一枚1889年发行的一美元银币,很珍贵的。"伊凡端详着那枚硬币,它看上去漂亮极了。接着,吉尔伯特叔叔若有所思地说道:"我年轻时很想当一名考古学家。从某种层面上来说,我现在也算梦想成真吧。"

"那你为什么没当成考古学家呢?"伊凡问,脑子里琢磨着"考古学家"到底是种什么样的职业。

"当时正是经济大萧条时期,家里没有足够的钱供我上学。伊凡,我们都得出去工作。"

Portrait Of Ivan

"那我爸爸年轻时想做什么呢?"伊凡问。

吉尔伯特叔叔吐了个烟圈。"我不知道。"他说,"我真的不知道。"

伊凡没有去问父亲,不过他打算问问他的班主任弗兰西小姐。这天的自习课上,弗兰西小姐正在往黑板上列当天要完成的作业。伊凡发现她深蓝色的西服套装倚靠过黑板的地方都蹭上了粉笔灰。他走上前,站到她身后。终于,她转过身来,低头看着他。她的头发里别着一根铅笔,眼镜的镜片上也落上了粉笔灰。

"有事吗?"她问。

"我能喝点水吗?"

"你能等到自习课结束吗?只剩五分钟了。"

"好吧。"他说。他不知道自己为什么没有将问题问出口,可能是因为他光惦记她身上的那些粉笔灰了。

"考古学家是干什么的呀?"周六的时候,伊凡问曼德比小姐。

"他们是挖掘者。"她回答说,"他们可以找到并且

伊凡的画像

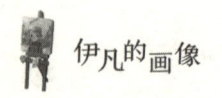

解读出那些埋在土里的过去。去那边看看马特的工作台,想象一下,如果你在五百年后把它挖出来,而上面所有的东西都还保持着原样,那光靠看这些东西,你能解读出什么来吗?"

伊凡走到工作台前看了起来。他越看,进入他眼帘的东西就越多。那上面有不同形状和颜色的铅笔、钢笔,有刀片、小刀、羽毛、布片和缠起来的金属线,有一个铁锈色的、风干了的苹果核,有一把表面坑坑洼洼的水壶、一些小罐头盒、一堆被溅上去的颜料点,有几片薄木片、一团线绳、碎黏土、炭笔、蜡笔、一盒彩色铅笔,以及许多的墨水瓶。

"他会说马特·马斯塔扎先生是个邋遢鬼。"马特笑着说道。

伊凡拾起一根灰色的羽毛。"在照片里,"他说,"所有东西都变成了扁平的。"

"考古学家能讲出一切事物的起源。"曼德比小姐接着说道,"他们还能把一整座四千年都没有见过阳光

Portrait Of Ivan

的城市从地底下挖掘出来。"

"坐下吧,伊凡。"马特说,"我要开始画了。"这次,曼德比小姐并没有读书上的内容,而是给伊凡讲述了一座被尘封于地下的、名叫特洛伊的城市的故事,那里曾发生过一场极为惨烈、持续多年的战争。千百年来,人们只将这个故事视作一个神话。后来,一个名叫海因里希·施里曼[1]的人来到位于土耳其达达尼尔海峡附近的一个地方,就在那里,就在希萨利克山丘之间,他挖掘出了不止一个,而是很多个古城,而其中之一就是特洛伊城。

"今天完事之后,如果你想去我家喝杯热可可的话,我可以给你看特洛伊城的照片。"她说,"还有你,马特。"

"我想去!"伊凡说道,其实比起看特洛伊城的照片,他更想见识一下曼德比小姐住的地方会是什么样

---

[1] 德国传奇式的考古学家。

伊凡的画像

子,"只要能按时回家就行,我今天得和安奈特、路易斯还有吉赛尔一起去看电影。"

之后,在他们准备一起离开画室时,马特突然说道:"我忘记画岗哨了。"

于是,在曼德比小姐和伊凡的注视下,马特画了一个岗哨,里面站着一名士兵。然后,他又画了一名正朝着雪橇车跑过来的士兵,这名士兵一只手向前伸出,像是正在喝令雪橇车停下。两名士兵都戴着毛茸茸的黑帽子,披着黑色的大氅。

"我觉得他们穿的制服不大对。"曼德比小姐评论道,"伊凡的母亲越过边境线的时候,沙皇俄国已经灭亡,他们不应该还穿着旧式的军服。"

"或许那里离莫斯科太远了,他们还没收到消息呢。"马特说着,往画上添了更多的树。

原先只有一棵松树的地方,现在已经成了一片森林,这样一来,雪橇车看上去就像是刚刚从森林中穿行而出,出现在了士兵所在的那片空地上。伊凡心想,这

Portrait Of Ivan

画面看上去有点儿瘆人：飞驰的马匹、被雪压弯的树枝、一边奔跑一边向前伸出手的士兵，以及一架上面空无一人的雪橇车。

曼德比小姐住在一栋小小的、用棕色石头砌成的楼房里，离马特的画室只有几个街区的距离。根据伊凡对入口处信箱的观察，有很多户人家同时住在这栋楼里。他们爬了四层楼梯，来到顶层，在那里，伊凡看到一扇小小的门，看上去就像是为曼德比小姐量身定做的一般。马特需要弯下腰、低着头才能走进门里去。

门刚一打开，一只灰猫就蹿到他们脚边，仰起头盯着他们看。

"阿廖沙，我亲爱的宝贝！"曼德比小姐叫道，"你好吗？"

曼德比小姐住的这间小屋有两扇窗户，天花板上还有一扇天窗。屋子里的家具乏善可陈：一张桌子、几把椅子、一张没有脚的黑色沙发，还有一只炉子和一张窄窄的小床。与伊凡拜访过的其他房间相比，曼德比小

伊凡的画像

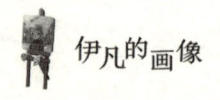

姐家最让伊凡觉得与众不同的地方,恐怕就是书了。

这里肯定有成千上万本书,它们高高地堆在地板上、挤在书架里、摞在桌子上、倚在窗框边,就连炉子的两个灶眼中间都放了几本书。由于这些书的存在,你要想从屋子里的一个地方去到另一个地方,是根本不可能走直线过去的。伊凡说,这就像是走在森林之中,曼德比小姐点了点头表示同意。

"这样说来,它们的确曾经是森林的一部分。"她说,"想想看,为了给这些书提供纸张,得砍掉多少棵树才够呀!"

伊凡没说出口,但如果让他选,他肯定宁愿留着那些树。

"这些书你都读过吗?"他问道。

"是呀,是的……"曼德比小姐坐在一摞书上,一边将小碗里的可可粉和牛奶搅拌均匀一边说道,"而且有些书我还读了不止一遍。"接着,她放下勺子,快步走到一个书架前。

"比如这本。"她从里面抽出一本书,走回来放到伊凡腿上。"《金银岛》。"伊凡读出书名。"还有这本!"她一边说一边把它放在刚才那一本的上面。这本书的书名是《白痴》。"这本也是……"她又加上了一本。"《远大前程》。"伊凡读道。

她跑前跑后,在书架和伊凡之间穿梭,直到在伊凡腿上高高地堆起十几本书后才终于停了下来。她已经累得有些喘不过气来了。"比这些多五倍十倍都不止呢!"她说着,突然一拍脑门儿,"坏了,牛奶!"她跑向炉子,将正在煮的一锅牛奶下方的火调小,然后把之前搅拌好的可可糊倒了进去。

"光是读完这些书,"伊凡自言自语地说,"我恐怕就得花上一百万年的时间。"

马特帮伊凡把书从他腿上搬下来,放到地面上。

"曼德比小姐其实是个女巫。"马特神秘地说,"她光靠看封面就能读完一本书。我说得对不对呀,曼德比小姐?"

伊凡的画像

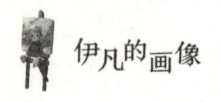

"对,只要那本书是用英语写的。"曼德比小姐一本正经地回复道。

伊凡觉得自己很难分辨出曼德比小姐什么时候是在严肃地说话,什么时候是在开玩笑。她的声调几乎从不发生变化,即便是在大声讲话的时候,也像印刷出来的文字似的铺排得一板一眼。

她倒出三杯热可可,同一碟脆饼干一起放到一个漆盘里,给他们端了过来。然后,她没有去碰自己那杯热可可,而是又从书架上取下来一本大部头的书。

"那时候,没人相信施里曼。"她说道,"但是他坚信,传说往往也是事实的一部分。"她将书递给伊凡:"这本书出版于1876年,单凭气味你就能知道这是一本有年头儿的书。对,从中间打开,然后闻一下。"

伊凡低下头闻了闻。书页中透着一股雨天阁楼里的味道。他恍惚地记起,自己曾在谁家的乡居中度过了一天。那是一间老旧的阁楼,地上摆放着落满了灰尘的黑色储物箱和成堆的、受了潮的《国家地理》杂志,那些

Portrait Of Ivan

杂志上印有发光的群山和奇形怪状的鱼儿的照片。

而曼德比小姐递给他的这本书里没有照片,只有已经褪成赭石色的手绘图,展示着各种花瓶和小型神像。不过,在书的后面,伊凡发现了一张被折成三折的地图,他慢慢地将它抽了出来,曼德比小姐也俯下身,同他一起看。

"希萨利克的高原……"她喃喃道,"伊利昂①的巨塔……普里阿摩斯②王朝的马赛克墙画……"

"她正在念咒语呢,伊凡。"画家说道。

确实,曼德比小姐看上去仿佛已经神游天外了。但随即,她又用那种一本正经的口吻说道:"快把你们的热可可喝光,不然就凉了!"

那只灰猫跳到沙发上,在伊凡身边蜷起身子睡觉,不时地发出呼噜声。马特和曼德比小姐聊起哈利和他的展览开幕式,以及路易吉今年的食物是不是同去年

---

① 特洛伊的别称。
② 特洛伊的最后一位君王。

伊凡的画像

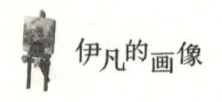

一样美味。这一个小时过得很愉快。没过多久,就到了伊凡该回家的时间了。

"你可以再来看有关特洛伊的书。"曼德比小姐说。

"非常感谢。"伊凡说。

"或是其他任何你会感兴趣的书。"她说着,朝她满屋子的藏书比画了一下。

伊凡在去和吉赛尔以及她的孩子们会面的路上,想到了那本叫作《白痴》的书。十月的时候,这个词在他们班上时兴了好一阵,每个人都不停地对另一个人喊着"白痴",哪怕后者只是在自己的椅子上不小心晃了晃。现在,"讨厌鬼"和"马屁精"这两个词是最时髦的。

吉赛尔和她的孩子们就站在大门口等着他。安奈特一见到他就朝他挥舞起两只小手。

"今天的电影会很吓人。"她说,"我光听名字就知道——《T星迷踪》!"

路易斯不屑地说:"我才不会害怕。"

第四章
一起去旅行

"我下周末就开始放春假了。"几天后,伊凡来画室的时候跟马特说。

这是周五的下午,伊凡身上还背着书包:"所以我爸爸让我告诉你,如果你方便的话,我下下周的任何时间都可以过来。"

"我也有消息要告诉你。"马特说,他站在画架前,正在往上面绷新的画布,旁边的桌子上摆放着成排的颜料管、一大块玻璃,还有许多画笔,"我的消息是,我得离开几个星期。"

伊凡的画像

"我倒没有什么消息要宣布,"曼德比小姐依然像往常那样坐在摇椅上,"除了我在这里这一点。"

"你要去哪儿?"伊凡问道。他的嗓子好像一下子变哑了,因为他感觉很糟糕,仿佛所有事情都在向坏的方向发展。

"我因为某个特殊的原因要去趟佛罗里达州。"马特回答说,"我要去找一位名叫克朗的先生,他住在杰克逊维尔①附近的一条河边。他把他的房子卖给了一家地产商,后者打算在那片土地上建一所乡村俱乐部。克朗的房子其实很特别,它曾经是一家大种植园的主宅,一旦地产商把房子推倒去盖乡村俱乐部,把周围的树木也都砍掉去铺设高尔夫球场的话,那种特别的南方建筑从此就不复存在了。所以,克朗先生想让我为他的房子画一幅油画,让以后的人们也能知道它曾经是什么样子的。"

---

① 佛罗里达州东北部的一个港口城市。

Portrait Of Ivan

"他为什么不拍照片呢?"伊凡问。

"他觉得画作能呈现出更为真实的模样。"

"可是照片才能留住它最真实的样子呀。"伊凡说。

"不,不能。"曼德比小姐插嘴道,"因为不光是房子,任何事物的真实样貌都无法在照片中呈现出来。"

伊凡烦闷地看了曼德比小姐一眼。好几周的时间!那他的画像怎么办呢?雪橇车又怎么办?

"等我回来后,"马特说,"我会立刻接着为你画肖像的,伊凡。"

"这是那种你为了赚钱做你真正想做的事情而不得不去做的那种工作吗?"伊凡问道。

"不完全是。"马特说,"我对这差事真的挺感兴趣的,毕竟我还从没去过佛罗里达州呢。"

"我也没去过。"曼德比小姐说。

"我也是。"伊凡说。

"咱们开始画画吧。"

伊凡安静地坐在那里,不是因为他对曼德比小姐

061

伊凡的画像

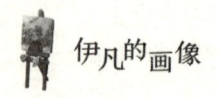

口中的"疯帽匠①"多么感兴趣,也不是因为曼德比小姐正读到的关于那场疯狂茶话会的情节有多么引人入胜,而是因为他太难过了,难过到完全不想动。

"你看起来有些垂头丧气的。"没过多久,马特开口说道,并将手中的铅笔放了下来。伊凡甚至懒得站起来去看一眼马特刚刚都画了些什么。

"咖啡时间到了。"画家又说。伊凡还是没有抬头。

"你想不想和我一起去,伊凡?"画家问他,"你、曼德比小姐还有我。哈利会把他的车借给我。说实话,只有他自己还觉得那是辆汽车,其他人可不会。那辆车的车龄大概有四十年了,里面甚至还有用来插花的花瓶。"

"我的猫可以去吗?"曼德比小姐问。

"为什么不呢?"

"我可以为第一天的旅途准备一顿美好的晚餐。"

---

① 英国作家刘易斯·卡罗尔创作的经典儿童文学作品《爱丽丝梦游仙境》中的角色。

Portrait Of Ivan

她说,"我现在能想到的是魔鬼蛋①和杯子蛋糕,我过一会儿肯定还能想出些别的来。"

伊凡已经拨通了他父亲的办公室电话。"我是伊凡。"他对接线员说。然后,他又和父亲的秘书重复了同样的话,最后终于和父亲连上了线。

"是我,伊凡。你找我有事?"

"我可不可以和马特还有曼德比小姐一起去佛罗里达州?"

"现在?"

"下周末,学校放假之后。"

电话的那一端十分安静,安静到伊凡都以为父亲已经忘了他还在同自己讲电话,转而走去别的办公室了。随后,他听到了像是回形针掉到咖啡碟上的声音。伊凡知道,那就是回形针。父亲总是会在外套口袋里放许多那玩意儿,当他思考的时候,就会把回形针随手扔

---

①一种蘸了芥末或辣椒酱等辣味调料的鸡蛋。

伊凡的画像

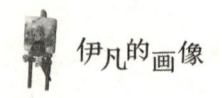

进附近的什么东西里面,如同是在丢弃那些对他毫无用处的思绪一般。

伊凡试着用简明扼要的话解释此行的目的,从马特接到为种植园宅邸作画的临时工作,到哈利可以借给马特汽车,再到曼德比小姐对首日晚餐许下的承诺。

"你确实认识了不少人呀。"等伊凡说完,父亲终于开口道,"我觉得没问题,你去吧,吉赛尔也正好可以放个假。况且,我近期也要启程去加拉加斯,估计要待一周左右的时间,这样的话,我可以在回程的时候顺便去接你。对了,画像进展得怎么样了?"

"我可以去啦!"伊凡冲着马特喊道。

"什么?"父亲在电话那一端问道。

"我正在告诉他们……"

"好的,和你交谈很高兴,伊凡。"

耳边传来"咔嗒"一声,伊凡放下了听筒。有那么一秒,他甚至怀疑父亲是不是把自己同某个也叫伊凡的生意人搞混了。

Portrait Of Ivan

马特让伊凡再多坐一会儿。可对这时的伊凡来说，一动不动地坐着简直太难了。伊凡感觉自己已经变成了一只电动小马达，正沿着公路地图一路飞奔，直奔佛罗里达州而去。就连曼德比小姐看上去都很兴奋。她不时停下口中正在念的故事，转而询问马特有关那家种植园的事情，以及她是不是应该带上几本书啦，他在火腿和芝士三明治里更偏爱哪一种啦等问题。

"我没法儿坐着不动。"伊凡终于忍不住说道。

"好吧。那就赶紧扭一扭吧。"马特说。

在伊凡离开画室回家之前，他和曼德比小姐、马特一起看了那幅雪橇车的画。

"该往上面画人物了。"马特拿起黑色的蜡笔。

"先画车夫？"曼德比小姐建议道。

"好的！"马特说着，下笔画了起来。很快，一个高高壮壮且戴着顶大皮帽子的家伙就出现在了雪橇车的最前边，一根皮鞭正被他抓在手中，向前挥动着。

"那是哈利！"伊凡叫道。

伊凡的画像

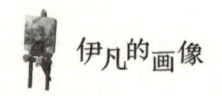

"就是他。"马特说,"咱们把他的棕色假胡子还给他!"

雪橇车看上去还是空空荡荡的。

"现在,它'需要'你的外婆、你的舅舅,还有你的母亲。"曼德比小姐说。每次听到这些素昧平生的亲人的称谓,伊凡都会感到有些手足无措。

"我的舅舅弗拉基米尔住在巴黎。爸爸说,等他有时间就带我去巴黎见他。而我的外婆在抵达法国不久后就去世了,吉尔伯特叔叔说她死于过度疲劳。"

"我真希望自己是个俄国人。"曼德比小姐插嘴道,"那样的话我就可以用托尔斯泰的母语阅读他写下的著作了。"

这天晚上,当伊凡在家里见到他父亲时,父亲问他:"你要去佛罗里达州了?真的吗?"那语气听上去就好像伊凡根本没给他打过电话,完全是自己做的决定一样。

放假前的日子过得时快时慢。有时候,时间就像打

Portrait Of Ivan

滑梯似的，眨眼间的工夫就滑到了晚上；有时候，时间又走得磕磕绊绊，每一步都慢得像虫子爬，几乎都要静止下来了。

吉尔伯特叔叔给了他一张五美元的钞票，就藏在一只灰色山羊皮旧手套的食指的位置，而手套被包在了一张希腊语报纸里，报纸团儿又被塞进了一个油布的烟草袋中。吉赛尔则帮伊凡将夏季的衬衫、去年的泳衣以及许多许多双袜子都打包进了一个帆布包里面。

吉赛尔总是在叹气，直到伊凡终于忍不住问她，是不是她不希望自己离开。她忙告诉他不是，其实她很高兴能有一些属于自己的时间来打扫打扫屋子、检查一下眼睛、给路易斯买新鞋子——路易斯长得实在太快了，甚至在用肉眼可见的速度长高；她还可以在周六的时候和丈夫一起出去逛逛，现在天气越来越暖和了，很适合到处走走。

伊凡有些后悔自己问了这个问题，因为她的回答令他感到很内疚。他从来没考虑过吉赛尔也有自己的

伊凡的画像

家要打扫,没想过路易斯需要买新鞋子,没意识到因为父亲的频繁出差,她不得不陪伴他的那些周六,她都错过了些什么。那天之后,由于接下来的旅行实在是让他太兴奋了,他并没有在"她也有自己的生活"这件事上继续思考些什么,但是,在他时不时望向她的时候,她看起来还是不一样了。她不再只是那个一直守在他身边,为他把饭菜端上餐桌,还能教他几句法语的吉赛尔,她成了一个全新的人,就像马特、曼德比小姐和哈利一样的人。

伊凡把自己要去佛罗里达州的事也告诉了班主任弗兰西小姐。她说:"佛罗里达州,地势大体上低矮、平缓,有很多沼泽地,广泛地分布在南部地区。那里盛产乳制品、橙子、番茄、葡萄柚、四季豆、烟草,以纺织、造纸、木材加工和机械制造为主要产业。七月的平均气温是华氏82.1度[1]。土地面积54252平方英里[2]。"

---

[1] 约合27摄氏度。
[2] 约合14万平方公里。

Portrait Of Ivan

"哦……"伊凡说。

"祝你玩得开心。"弗兰西小姐一边擦着眼镜片上的粉笔灰一边说道。

周四,伊凡的父亲带他到一家塞满了红丝绒家具的餐厅用晚餐。这里的每一张餐桌上都摆放了三种不同大小的玻璃杯。

"想吃什么就点什么。"父亲说。他那挥舞着胳膊的架势,仿佛想让伊凡把整间餐馆都装进口袋里带回家。菜单是法语的,所以伊凡说自己就点和父亲一样的就好。结果,事实证明,他做了一个非常错误的决定。他勉强自己吃下两只蜗牛、一块羊腰,以及一口软塌塌的、令人毛骨悚然的白色乳酪,那乳酪的样子让他想起科幻电影《零号星系惊魂》里一个长得像海星似的怪物。

之后,父亲送给他一个新钱包,里面装了钱。"把那些钱给马斯塔扎先生。"他说,"记得给自己留几美元。我还在钱包里放了一张单子,上面写了家里、我的办公室、我的秘书、吉赛尔、吉尔伯特叔叔,以及我在加拉加

伊凡的画像

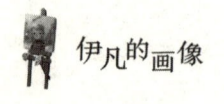

斯要住的那家酒店的电话号码。"

伊凡感觉怪怪的,仿佛即将要出门旅行的不是他,而是他的父亲,仿佛他才是要被留下的那一个。

"顺便说一句,"父亲说,"别忘了带你的照相机。随手拍照能让你在回家之后还记得自己都去过哪里。"

"马特说要轻装上路。"

"有备无患。"父亲说,"对了,曼德比小姐是谁?"

"她是在画室里给我读书的一位老太太。"

"这次旅行会很有趣的。"父亲一边说,一边把名字签在侍者递过来的账单上,"明天我可以把你从学校送到马斯塔扎先生家。你几点放学?我应该刚好能赶上。"

转天的正午时分,伊凡走出校门,看到父亲正坐在一辆出租车里等他。吉赛尔帮他收拾的帆布包放在车内的脚垫上,还有一部照相机放在父亲旁边的座位上。

"你还是忘记带相机了。"父亲说,"我觉得这部新的很适合外出携带。"

马特画室所在的那栋建筑前,一个奇怪的三人组

Portrait Of Ivan

合正站在几只盒子、行李箱和一只巨大的野餐篮中间,齐刷刷地盯着一辆在阳光下闪闪发光的黑色汽车瞧。除了在照片里,伊凡还从未见过这样的汽车。车子的前盖上立着一个长了翅膀的女士的银色小塑像,车窗上有遮阳帘,车门下方还有踏板。在车后座上,伊凡还看到了两个三角锥形的小花瓶,分别固定在靠近两边车门的位置。两个花瓶里都插了花。

"那是什么?"伊凡的父亲问。

"肯定是哈利的汽车。"伊凡回答。

"嗯,那当然是一辆汽车,实际上,我父亲就有一辆,跟这辆一模一样。但是他从来没有时间给它清洗打蜡。他整天都忙着给那些病人治病,开着车在乡间跑来跑去的。"

"他是名医生?"

"我从没告诉过你吗?"

"没有。"伊凡说,"那我的外公呢?就是我妈妈的爸爸?"

伊凡的画像

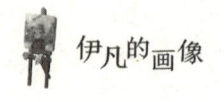

"他卖毯子。"伊凡的父亲说。

"在商店里?"

"不,不是的……他是个专门卖毯子的商人,那种东方地毯。他去过许多东方国家,中国、印度、土耳其……他从那些地方收购毯子,然后再卖到其他国家去。当年,你母亲、外婆还有舅舅离开俄国时,随身带了几块很小却很值钱的毯子。到了巴黎后,他们就把那些毯子卖掉,挣的钱足够支撑他们往后的生活了。"

"为什么我的外公没和他们一起走?"

"这我就不清楚了。"伊凡的父亲说,"我想大概是因为他们走得很仓促吧。"

"他还活着吗?"

"有可能,不过可能性不大。"父亲说。出租车停了下来,他让司机先等他一下,然后便下车向马特走去。

伊凡跑到曼德比小姐面前。"雪橇车里有来自东方的地毯。"他说,"我外婆把它们带到巴黎去卖。"

"我们过会儿就告诉马特。"曼德比小姐说,"先猜

Portrait Of Ivan

猜这个盒子里是什么?"

伊凡看向人行道上放着的那个巨大的盒子,盒盖上面还打了孔。"是阿廖沙。"她说,"我在车上就会把它放出来。你再猜猜看,这个曾经属于我母亲的野餐篮里面,又装了什么?"

"杯子蛋糕?"伊凡一边猜,一边朝哈利挥了挥手。那个大块头男人正在擦拭车子前盖上那个长着翅膀的女士的银塑像。

"有德式苹果卷、布朗尼蛋糕、魔鬼蛋、烤牛肉、土豆沙拉、火腿、鸡肉、葡萄干、胡萝卜、苹果、梨,还有一保温瓶的咖啡和一保温杯的茶,以及装在塑料袋里的、给阿廖沙准备的小点心。"

"我真希望能和你们一起去。"哈利说着,走到他们中间,"多么美妙的天气!你们将度过多么美好的时光!还有,多么了不起的汽车!"

"多么丰盛的野餐!"曼德比小姐也高声说道。

"您好!"伊凡的父亲也走了过来,"您应该就是曼

伊凡的画像

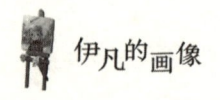

德比小姐了。我母亲有一只野餐篮,和您这只一模一样。好了,伊凡,我会从加拉加斯给你打电话,告诉你何时在杰克逊维尔机场碰头。别忘了拍照片。还有,不要闯祸。"

他同每个人都握了手,包括伊凡在内,然后转身返回出租车上。

马特已经把所有东西,包括装着阿廖沙的盒子、野餐篮、行李箱,还有一大盒曼德比小姐的书都搬上了车。她一定是担心佛罗里达州一本书都没有,伊凡想。他们坐进了车里。哈利大喊着"旅途愉快",还在车身上亲了一口。然后,随着一阵巨大的轰鸣声,马特发动了汽车,他们出发了。

第五章
三个旅行者

"为什么人们都在看我们?"伊凡问。

"因为我们与众不同。"马特答道。"超凡脱俗。"曼德比小姐提供了新的说法。阿廖沙已经被她从盒子里放了出来,此刻正蹲在驾驶位的椅背顶端,就在马特的肩膀后面。插在花瓶中的雏菊是哈利给他们的临别礼物,在正午的阳光下微微地垂下了头。曼德比小姐的大野餐篮占据了一整个座位,几根老化断裂的草秆弯弯曲曲地爹在篮子外面。而曼德比小姐本人,在得到马特的许可后,把她的书围着后座搭成了一个个高度不一

伊凡的画像

的小台子。

马特戴着一顶黑色的牛仔帽,那尺寸相对他的身材来说大了差不多两三圈。

伊凡注意到,整个下午,其他车子的司机和乘客经常会回过头来盯着他们看。有的人会哈哈大笑,有的人看上去一脸迷惑,还有的人会面露不悦地朝着他们直摇头。有一个小男孩趴在一辆从他们旁边经过的客货两用车的后窗前,用手比画出枪的形状,瞄着他们挨个射击,连阿廖沙也没放过,因为伊凡从他的口型中清晰地分辨出,他一共发出了四下"啪"的声音。

"对一些人而言,我们的确是移动的靶子。"曼德比小姐说。

"移动得非常慢的靶子。"马特笑着补充道。

"我在想,我们或许可以在一片池塘边的草地上吃晚餐。"曼德比小姐说。

如果曼德比小姐坚持这样做的话,那他们恐怕永远也吃不上这顿晚餐了。因为,在之后好几个小时的时间里，他们所行驶的高速公路两侧都见不到半点乡间风光，反而像是还没组装起来的巨型工厂。

地面上盘绕着弯弯曲曲的管道，塔形熔炉高高耸立，越往上越细，出风口喷涌着橙红色的火焰。像一栋房子那么大的罐状和球状容器比比皆是，周围的地面上寸草不生。在所有这些熔炉、球体和管道之间，伊凡没见到一个人影，他不禁在心里想：是谁在照看这些东西？它们是用来做什么的？它们被建成之前，这片土地上又有些什么呢？

"是硫黄！"曼德比小姐抽动了几下鼻子，大声说道。

"还有火的味道。"马特说。

"看来我们到下面的世界了。"曼德比小姐说，"你刚才拐错方向了吧，马特？"

马特大笑起来。伊凡不解地问："什么是'下面的世界'？"

"就是冥界。"曼德比小姐说。

伊凡的画像

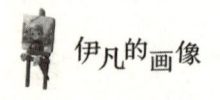

"也可以称作地狱。"马特说。

他们驶过最后一个巨型球体,它被漆成了一种阴森诡异的蓝色。随后,终于有一片草地在他们面前出现了,不过当他们停下车后,却发现树上和栅栏上都挂着明显的标识,上面写着:不得擅入,违者将被追究法律责任。

这样的标识持续出现了好几英里,直到马特拐下高速公路,开到一条坑坑洼洼的窄路上。他们沿着这条路一直往前开,终于来到了一片没有被栅栏围上的野地。这里虽然没有池塘,但至少有条浅浅的河沟,孱弱的水流从河沟中流淌而过,冲刷着被丢弃在沟里的空罐头盒和汽水瓶。

阿廖沙"噌"地跳进了高高的草丛中撒起欢来。当他们在地上铺开桌布、准备野餐时,只能看到它的尾巴尖不时地出现在草丛上方。

"它在追草里的蚱蜢。"曼德比小姐说。伊凡不知道她是真的看到了还是自己凭空想象出来的。这会儿,虽

Portrait Of Ivan

然阳光依旧明媚,但伊凡已经感觉到气温降低了。西边坡地上的那一排树在草地上投下了长长的影子。他们吃完晚餐后,马特和曼德比小姐讨论起接下来的行程。

"明晚之前,我们应该就能到南卡罗来纳州了。"马特说。伊凡站起来,带着满满一肚子的烤牛肉和德式苹果卷在四周散步,很高兴他们能够顺利逃出"冥界",来到这里。他感觉自己离家、离厨房里的餐桌和他的课本已经有好几光年那么远了。一阵和煦的微风吹过,黄褐色的草随之摇摆起伏,看上去就像海浪一般。阿廖沙在他周围窜来窜去的,但偶尔,它又会像蛇一样缠绕在他的脚踝间。

在向西边的坡地上走去时,伊凡瞥见一抹金属的反光,随后便发现了一辆半埋在土壤和草丛中的车子的残骸。车的轮胎和方向盘都不见了,碎成蜘蛛网一样的玻璃摇摇欲坠地挂在窗框上。等马特和曼德比小姐也走过来看的时候,伊凡便问他们这辆车是怎么到这儿来的。既没有路通往这里,四周也没有车子行驶过的

伊凡的画像

痕迹。

"你看，"马特说，"后座上有一个废弃的鸟窝。这说明这辆车已经在这个地方待了相当长的时间了。"

阿廖沙跳上车顶。马特从后车窗探身进去，把那个空鸟窝掏出来，放到了伊凡的手上。几只小鸟从野地上方快速飞过，像是要在天黑之前赶回家去。西沉的太阳将天空染成了金黄、蓝绿和紫红相间的颜色。四周一片寂静，除了风的低吟和小鸟的鸣叫，没有任何其他声响。他们这三个旅行者像是被留在世界上的最后的人类，这让伊凡突然觉得有些害怕。

"现在正是暮光鬼魂出动的时间。"曼德比小姐说。

"鬼魂根本就不存在。"伊凡说。

马特把他的牛仔帽扣在伊凡头上，说："咱们去把东西收拾一下吧。还有很长的路要走呢。"

伊凡点点头，顿时就不觉得害怕了。

他在马特停车加油的时候醒了一下，然后很快又睡着了。再次醒来时，他被车前那明亮的灯光照得睁不开眼。这盏灯让四周的夜色显得更加浓重了。伊凡揉了揉眼睛,看清了在他面前的是一座小小的木屋,上面挂着一个牌子,写着:过夜住宿(可按周出租)。

一个老头儿颤巍巍地握着手电筒,把他们领到一排松树下的另外两座小木屋前。曼德比小姐同他们道了晚安,然后一只胳膊下夹着阿廖沙,另一只胳膊下夹着一本书,走进了安排给她的那座木屋里。马特和伊凡的那座木屋里面有一间卧室和一间浴室,浴室的门特别窄,马特只能侧着身进去。伊凡爬进了床上那条泛着潮气的被单里。在他进入梦乡前,他最后看到的东西是放在床头柜上的那个鸟窝——他此行的第一个纪念品。

转天早上,他们出发得非常早,浓重的雾气还笼罩在大地上。不远处的田野上有一些农舍,是那种小小的、框架式的房子,门廊下塌,看上去已经很久都没有人住了。但田野中依然有绿色的农作物在生长。他们的车子从繁花盛开的树下经过,那些花的颜色就跟葡萄

伊凡的画像

果冻的颜色一模一样。他们还经过了一条条溪流,雾气萦绕在流水之上,仿佛为它们盖上了一层朦胧的纱被。

就在这一刻,伊凡真切地感受到了天气的地域性变化。他们从早春季节的城市出发,现在驶过的地方春意正浓,而他们将要去往的目的地已经进入夏天了。

"这是一场穿越时光的旅行。"曼德比小姐感慨道。

伊凡在路边摊上吃了两个煎蛋三明治当作午餐。摊主的英语带了一点点陌生的口音,话语间满是叹息。下午,他们经过了更多的农场和农舍,附近也经常能看到堆放在一起的、破旧生锈的汽车。有一次,一个男人突然从一辆看似无人的破卡车上推门下来,紧盯着他们的车子从他身边驶过,把伊凡吓了一大跳。

路上行驶的车并不是很多,人们也不再把他们当成稀有物一样地看个不停。下午晚些时候,他们开车经过了一个小镇,镇上的房子都被刷成了粉白相间的颜色,窗户上都装有百叶窗,开花的藤蔓爬满了外墙。这里的天气已经非常热了。

Portrait Of Ivan

伊凡有时会感到旅途有些无聊。车座椅令他皮肤发痒，而且车里面实在是太挤了——有猫和那顶大号的黑色牛仔帽，有一堆盒子和书，有马特的绘画工具和他们的行李箱，还有那个巨大的野餐篮，里面是源源不断的、仿佛永远也吃不完的饼干和水果。好在，曼德比小姐陪他玩了看地图说地名的游戏。这可是他最擅长的游戏了，因为他平时就很喜欢看地图。可最后还是曼德比小姐赢了，用一个叫作"霍奇米尔科①"的地方。伊凡输得心服口服，因为这个词他再看一万遍地图也拼不出来。

当这个游戏开始变得不那么好玩儿了，曼德比小姐又掏出了一副迷你扑克牌，她用一本巨大的书当桌子，教伊凡玩"接龙"。等他把这个也玩腻了之后，曼德比小姐便大声地念起书来。那是一个叫作《快乐王子》②的童话故事。

---

① 墨西哥南部某城市。
② 王尔德创作的经典童话。

伊凡的画像

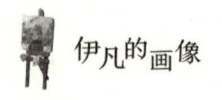

等她念完后,伊凡问了好几个问题。比如,为什么燕子不知道天气变冷的话,它就会被冻死呢?而为什么王子明明可以同燕子说话,却不去告诉人们别去碰他的金叶子和眼睛呢?

车里突然安静了下来,只能听见阿廖沙此起彼伏的呼噜声。伊凡猜测,可能自己又问了那种除了他,不会再有别人问的傻问题了。或许他不应该纠结于这种问题,反正也不会有任何答案。过了一会儿,马特开始哼起歌来,有几首伊凡也听过。就这样,一天就这么过去了,在夜晚降临前,他们终于来到了南卡罗来纳州。

那天夜里,他们投宿在一家汽车旅馆。前台的女士戴着满头的粉色卷发棒,挥舞着双手张罗来张罗去,嘴里还问个不停:"你们确定不需要什么了吗?这个小家伙不饿吗?要不要来点煎蛋三明治呀?"

第二天一早,他们踏上了抵达目的地之前的最后一段旅程。阿廖沙看起来不再那么懒洋洋的了,而伊凡

Portrait Of Ivan

这会儿也觉得,哪怕车子再开上整整一周,他都不会有什么问题。这辆车已经变成了他们临时的家。曼德比小姐在一家路边商店里买了个草编的篮子,马特则买了些看上去旧旧的绿色瓶子和一罐蜂蜜。伊凡把那罐蜂蜜拿在手里,正过来倒过去地把玩,注视着里面缓慢上升的金黄色气泡。

"杰克逊维尔!"午后的某个时刻,马特突然间喊了出来。在他们前方,在一片蒸腾的热气之中,矗立着一座高楼林立、桥梁纵横,遍地都是汽车、人和广告牌的繁华城市。

又行驶了一段路后,马特说:"南杰克逊维尔。"然后,他把车子停到路边,拿出了克朗先生之前寄给他的地图。"我觉得是东杰克逊维尔。"曼德比小姐说。

"都不是,是安布尔维尔。"马特说。

"可是这里什么都没有呀。"伊凡望着他们左手边那片茂密的森林说道。

"咱们走那条路。"马特说。伊凡顺着他手指的方

伊凡的画像

向,看到了一条通往森林腹地的、狭窄的沙土路。车子颠簸着开下一小段斜坡,带着他们进入了森林之中。这里的阳光被茂盛的树冠遮蔽,只余星星点点的光斑在林间闪耀。树的枝干上悬垂着一团团缠绕在一起的藤蔓,马特说那叫寄生藤。接下来,这条路在他们面前分岔成了数条更窄的路,马特不得不再一次停下来看地图。

随着车子继续前行,两边的树木变得越来越稀疏。终于,他们开到了一处空地上。这片空地处于一段长长的斜坡的顶端,沿斜坡向下的尽头处是一条大河。而在河岸与森林边缘之间,矗立着一栋巨大的、黑洞洞的宅子,没有一扇窗内亮着灯。他们围着整座建筑绕了半周,开到宅子正面,看到了一道宽阔的门廊。门廊上立着两排柱子,高高竖起,支撑起三角形的顶盖。柱子上的漆面斑斑驳驳,已经脱落得差不多了,茂盛的藤蔓伸展着开有紫色花朵的卷须,爬满了整面墙壁。一把坏掉的摇椅静静地躺在门廊上。

"快看哪！"马特兴奋地叫道，还吹了声口哨儿，"这是真的吗？"

"是真的。"曼德比小姐低声说道，"只不过很快就要消失了。"

就在这时，一男一女两位老人从大门内走了出来，两个人的个子都很高。在他们身后还有一个小女孩，满头乱蓬蓬的鬈发，和伊凡差不多高。

"你好，马斯塔扎先生！"克朗先生叫道，"很高兴见到你！这位是我太太，我们一直盼着你的到来。"他回头看了大宅一眼，接着说道："恐怕推土机过不了多久就要将这里夷为平地了。"

"你们好。"小女孩跟他们打了声招呼。

"这是我们的邻居，吉妮瓦。"克朗太太说。

伊凡注意到，吉妮瓦没有穿鞋，是光着脚丫出来的。

第六章
吉妮瓦和她的小船

阿廖沙趴在一扇没有装玻璃的窗户的窗框上,在清晨浅浅的日光中休憩。在小猫的身后,伊凡可以看到树的枝丫。后面更远的地方,是一道如云母般闪耀的亮蓝色,上面还点缀着三个深灰色的小斑点。伊凡从床上坐起来,那斑点在他眼里逐渐变得清晰,原来那是三艘灰色的大船,正停靠在大河对岸的杰克逊维尔港。一束日光投射在壁炉上方的墙壁上,投出一块长方形的光影,那里的壁纸几乎已经褪成了白色。伊凡想,这束特殊的、长方形的日光一定是经年累月、乐此不疲地一直投射在那个位置上,才得以将壁纸全部的颜色带走。而在日光照射不到的地方,比如屋子最远端的角落,壁纸上的玫瑰红是红,黄是黄,像真的一般鲜活。

昨天晚上,伊凡又累又困,根本来不及看看自己的房间就倒头睡去了。此刻,他在房间里四处转悠,一会儿研究一下那张巨大的书桌和它的数十个隔层,一会儿摸一摸雕刻精美的床柱,一会儿又打开大柜橱的门,发现里面除了灰尘和几张边角卷起、油墨褪色的旧报纸以外别无他物。他脚下踩着的这张地毯上有几个很大的破洞,而地毯上原本编织了精美的、栩栩如生的小鸟图案,如今,它们身上的羽毛也都褪成了极为暗淡的颜色。

阿廖沙轻盈地跳到地面上,慢慢地踱出房间,经过伊凡身边时连看都没看他一眼。整栋大宅里很安静,还很凉爽。现在一定还很早。他走到窗边,往下看,未经修剪的草坪上蒙着一层露珠;往左右看,两侧都是茂密的森林;往正前方看,便是那条闪着银光的大河了,有一

伊凡的画像

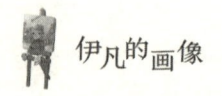

座狭窄的、看上去年久失修的码头从宅子这边的河岸一直延伸到河里,码头的路面还是倾斜的,仿佛有什么你看不见的东西正在缓慢而坚决地推着它,势必要把它推翻过去。

伊凡拿上衣服走出了卧室。走廊两侧有许多扇关着的门,每扇门都几乎有两个他那么高。走廊中间有一道盘旋而下的楼梯,通向一楼的门厅入口。

在尝试着打开几扇门之后,伊凡终于找到了盥洗室。这间盥洗室比他家的一间卧室还要大。除了角落里的一台小巧的黑色取暖炉以外,这里的每样东西看起来都像是用大理石制成的。他拧开水龙头,只有一小股细细的水流流进已经开裂的大理石洗脸池中。而马桶是他从未见过的稀奇样式。一根长长的金属链子从一个几乎要贴到天花板上的长方体水箱中垂下来,链子这端挂着一个长得很像跳绳把手的坠子。伊凡拉动坠子,一阵如同木桶滚下斜坡般的轰隆巨响之后,一股激流"唰"地冲进了马桶中。他吓得夺门而出,跑到了走廊

Portrait Of Ivan

里,可是走廊里的那些门依然紧紧地关着,并没有人冲出来大喊一句"快放救生艇"什么的。

厨房位于大宅的最里面,阴冷又潮湿。那里有两台炉灶:一个硕大无朋、黑黢黢的,闻起来有股被打湿的炭火的味道;另一个小一些,是用电的,炉身上有凹痕。厨房正中摆了一张木头桌子,伊凡从桌上的一只大碗里拿了一个橘子,又从碗柜上的纸袋里取了一片面包,然后带着这两样走出厨房,一直走到正门外的门廊上。他在那里站了一会儿,一边吃早餐,一边感受着清澈凉爽的晨光。吃完后,他把橘子皮塞进口袋里,走下中间部分已经凹陷的台阶,来到草坪上。一只个头儿很小的幼犬突然从右边的树林中蹿了出来,鼻子贴在地面上嗅来嗅去,四条小短腿不间断地向前捯着,就这样一路穿过草坪,又跑进了左边的树林中。

码头比他从卧室窗子里看出去时显得还要破旧,有几条木板已经从中间裂开了,颤颤巍巍地挂在腐朽的木桩之间。他控制着身体重心,慢慢地走下斜坡。这

伊凡的画像

里的坡度不算太陡，不过克朗家码头两侧的河岸还是相当陡峭的。河很宽，伊凡觉得要是划船的话，至少要划一个小时才能到达对岸。他深深地吸了一口气，空气新鲜又潮湿，透着淡淡的、植物的苦味。果然，在离河岸不远的水面上，他看到大片大片的水生植物，有星星点点的紫色花朵开在绿色的叶片之间。

这条河对他来说是个意外之喜。在他醒来后第一眼见到它时，在他走出房子遇到那只小狗时，在他走下斜坡终于来到它的岸边时，这份喜悦始终充盈在他的心里。甚至在他尝试着迈出脚、试探码头上的木板是否禁得住他的时候，他依然被这份喜悦所影响着。他觉得，这条河已经流淌在了他的身体里。

他犹犹豫豫地踏上一块木板，脚下立刻传来一阵"嘎吱嘎吱"的响声，就像是将一只装满了鞋子的洗衣袋拖过地板时所发出的声音。随后，他看到眼前晃过三道灰影——是三条灰色的大蛇！它们一头扎进水里，消失在了那片水生植物之下。

Portrait Of Ivan

伊凡对蛇不是很了解,但他清楚地知道自己不喜欢这种生物。要不是他独自一人站在这里,他可能早就大叫着扭头跑掉了。可现在只有他自己,他不知道乱跑会造成什么后果,所以只能呆呆地站在原地发抖。那些蛇和他之前见过的蛇毫无相似之处。有一次,班上有个男孩用一只曾经装过两磅巧克力的盒子带了一条刚孵出来不久的小蟒蛇。当时,为了不让大家觉得自己不合群,或者太害怕了,他迫不得已地摸了那条小蟒蛇一下。而现在,他觉得那三条像刀子没入黄油一样滑进水里的大蛇是绝对不会允许别人在它们身上摸一摸的。

"那是水腹蛇。"一个低低的声音说道。

伊凡惊得向后迈了一大步,回到了河岸上。是吉妮瓦。她离他只有几米远,坐在一条绿色的小船中,手轻轻地搭在一支木桨上。他很想知道她到底在那儿待了多长时间,她是怎么做到一点儿动静都没弄出来的,以及,她是否看到了自己瑟瑟发抖的样子。

"它们有毒。"她说,"你走上码头之前,一定要先用

伊凡的画像

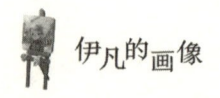

脚跺一下木板。它们最喜欢缠在木桩上晒太阳了。"她举起桨,将一丛水生植物拉近小船。"它们还喜欢躲在水葫芦下面。"她继续说道,"不过你游泳的时候,它们是不会来骚扰你的。"

伊凡有一张宝丽来相机拍摄的照片,拍的是他从码头的尽头一个飞跃跳进黑乎乎的水中。他不敢相信他以前竟然真的那样做过。

"你想坐船吗?"她问。

"是的。"伊凡说。

吉妮瓦毫不费力地就将小船掉转过来,划到岸边。伊凡上了船,看到船舱里放了满满当当的东西:一个生锈的锚、几盘绳索、一些线、一个油罐、一根钓鱼竿——其实就是一根竹竿上扎了几个生锈的鱼钩,一把铲子、一个纸袋、一个小桶,船尾还有一个脏兮兮的马达。

"你的船不是有马达吗?为什么你还用桨划船呀?"他问。

"那马达时好时坏的。"她说道,"你就坐那儿别动,我把船从这里划出去。"

吉妮瓦像刚才一样,轻巧地将船划到了宽阔的水面上。"我知道你要来。"她说,"克朗先生跟我们说,他要请一位画家来这边给他的房子作画。后来,那位画家打电话来,问他是否可以带你和那位老夫人一块儿来。克朗先生说没问题。"

伊凡本以为他能和马特一起旅行这事很简单——马特问了伊凡,伊凡去问了父亲,然后父亲就同意了。他完全不知道马特也为他做了些工作。原来,远在他还不知道有这些人存在的时候,他们就已经听说过他了。

"你住在哪儿?"他问吉妮瓦。

"你马上就会看到我家了。"说着,她用木桨将一丛水葫芦轻轻地拨开。不出一分钟,伊凡果然在陡峭的河岸上方看到了一座被漆成黄色的老旧房子。房子四周有一圈围廊,房前的岸边也残留着一个旧码头,如今只剩下木桩和几块泡在水里的木板。

"这房子看上去像不像是木头自己胡乱搭建起来

伊凡的画像

的?"吉妮瓦笑着说,"不过后院有一个小花园,里面有小径和花坛。我家这里太潮湿了,钢琴的音准连一天都维持不了。你幸亏是在这个时候到南边来,再过些日子,这里每天下午都会下雨。我的鞋每天早上都是湿的,我还不得不穿着它们去上学。而且这里还有好多虫子。我不怕蛇,但我非常讨厌虫子。"

"这条河叫什么名字?"

"圣约翰。"她说,"过会儿咱们划到港口那边去,试试看能不能赶上几个尾浪。"她跪在马达上方,把头发拨到后面,然后将绳子缠在一个看起来像是齿轮一样的东西上。

"尾浪是什么?"伊凡问,心里揣测着那是不是一种河里的漩涡。

"看见那些停靠在杰克逊维尔港的大船了吗?他们开船的时候,我会尽量让小船靠近船尾,然后就可以利用大船起航时激起的波浪玩冲浪了。有的时候,水手们会对我大吼大叫,让我赶紧离开,我就假装自己没听

Portrait Of Ivan

到。平时,我待在我家阁楼的小房间里'监视'港口那边的动静,一旦发现他们要起锚了,我就马上划船赶过去。唯一的麻烦是这个马达,它启动不了的时候很让人抓狂!"

"你经常钓鱼吗?"

"不。"她说,"那是我爸爸的鱼竿。我不会把鱼钩从鱼嘴上拿下来。我爸爸去巴吞鲁日①了。那里有一家福特汽车的组装厂,他到那儿去找份工作。或许我们之后也要过去,我妈妈和我。但我不愿意离开这条河。我现在和我小姨住在一起,因为我妈妈去查塔胡奇照顾我生病的外婆了。她老得快有一百万岁了,说不定这会儿已经不在了。咱们开始吧!"

她猛地将手中的绳子一拉,马达"咳嗽"了几声后就没了动静。她便又开始缠绳子。

"我有个朋友,叫阿莫斯·亚当斯,他发明了一种新

---

① 美国路易斯安那州首府。

伊凡的画像

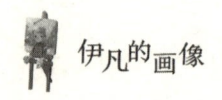

的花。"她一边缠一边说道,"他住在曼达林,在一条小得不能再小的河边。我觉得画家应该去画画他家的房子,那可比克朗先生家的房子漂亮多了,而且也没那么旧。你知道吗,等他们建成高尔夫球场后,我家的房子离十四号洞刚好是二十八码①的距离。所以我们很可能会把房子卖掉,不过估计也没人买,大家应该都害怕高尔夫球在头顶上飞来飞去吧。他们会把这里全部推掉——森林、土地、石头、房子……克朗先生的房子。"

"他们是谁?"伊凡问道。与此同时,吉妮瓦又猛拽了绳子一把。这一次,马达终于转起来了,小船载着他们向那些大船径直驶去。

"他们?"她重复道,"我一直没弄明白他们是谁。不过他们总是势在必得。"

伊凡回头向岸上望去。从这个距离看过去,克朗先生的大宅更像是一张照片。左右两侧的森林显得离房

---

①约合 26 米。

Portrait Of Ivan

子更近了,将其裹在其中,透出一股荒无人烟的味道。

"你们春假放多久?"吉妮瓦问。

"从周一开始算的话,有整整一星期。"他说。

"我们也是。"她说,"真幸运,咱们俩放假的日子完全一致。你知道吗,其实,克朗先生并不想把他的房子卖掉,他很爱它,只不过屋顶上已经到处都是洞了。他很遗憾那些有足够的钱去修缮这栋大宅的人却只想把它烧掉,或者推倒。"

"你朋友发明的是什么花?人怎么还能发明花呢?"

"怎么说呢,也不完全算是发明吧,他就是把两种不同品种的花嫁接到一起,然后培育出了一个全新的品种,可能是某种兰花吧。它还被写进了佛罗里达州的农业档案里。而且他只比我大一岁。我今年十二岁。"

这种感觉真新奇,伊凡在心里对自己说,我此时正坐在圣约翰河上的一条绿色小船里,听着一位叫吉妮瓦的小"话痨"叽哩呱啦地讲个不停。他忍不住笑了出

伊凡的画像

来。

"有什么好笑的?"她问。

"没什么。我很喜欢待在这条船上。"

她用右手打开那个纸袋,左手还扶在舵柄上。

"你喜不喜欢玉米面包和覆盆子酱?"她问道,"我给自己做了点早餐,不过我很愿意分你一半,正正好好的一半。"

她拿出两片黄澄澄的面包,中间夹着的果酱散发出甜甜的香气。"如果你来分,就我先选。"吉妮瓦说,"如果是我来分,就你先选。这样才公平。"

"还是我来分吧。"他连忙说道,唯恐她松开舵柄。

玉米面包美味极了,又甜又有嚼劲。

"还有橘子。我猜到你会来,就带了两个。"

随着他们渐渐靠近,大船看起来更庞大,也更危险了。伊凡可以看到巨大的帆桁在甲板和码头之间来回摇晃,船锚几乎和他身处的这条小船一样大,金属链上

Portrait Of Ivan

的每一个链环都和他的胳膊一样粗。还有各种各样的钢索、绳子和电线,不论是紧紧绷着的还是松垮地垂着的,在风中荡来荡去的还是缠绕成一团的,看上去都透着一股子干劲儿,仿佛它们都是有生命的物体。有一艘大船的船尾上站着一个戴着蓝色鸭舌帽的男人,他一只脚蹬在栏杆上,正专注地望着河道。

"这是一艘货船。"吉妮瓦说着,关掉了马达。随着马达的声音消失,伊凡突然感到一阵恐惧。这条河一定很深,一眼望不到底。他们离河岸边也好远。

他还没有告诉吉妮瓦,这是他有生以来第一次身处一条河上,他从来都没坐过船。虽然他上过游泳课,但那只意味着他可以在游泳池里游泳。如果你把一座游泳池放进河里,游泳池也会被淹没的,他想。

"货船是可以看出来的。"吉妮瓦跟他解释道,"因为睡觉的地方都在船中央。这是我爸爸告诉我的。他曾经是个海员,和我妈妈结婚之前经常出海。现在,适合他的工作不是那么好找了。咱们吃橘子吧。"

伊凡的画像

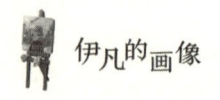

他们一边看着那些大船一边把橘子吃完。"你可以把橘子皮扔到水里。"她说,"它会自己沉底的。看,有船过来了。"

伊凡将橘子皮扔到船外,接着又悄悄地把之前放在口袋里的橘子皮也扔掉了。出于某种原因,他并不想让她知道他自己已经吃过一个橘子了。顺着吉妮瓦手指的方向,伊凡看到一艘狭长的拖船正以相当快的速度朝他们开过来。吉妮瓦俯身发动马达,这回马达一下子就转起来了。她驾驶着小船避开拖船的航路,等那艘船擦着他们的右舷飞驰而过后,她关闭了马达,笑着对伊凡竖起一根手指。"准备好了吗?要开始了!"她轻声说道。

接下来,小船开始轻微地晃动。突然,它一个猛冲,船头直直地向一个大浪中扎去,船身前后摆荡,随着浪头飞跃而起,跟着又迅速砸落回了水面上。水花溅了他们一身,吉妮瓦哈哈大笑着趴在了船帮上。伊凡闭上眼睛,等待小船慢慢平稳下来。

Portrait Of Ivan

"看见了吧?"她说,"刚才那些就是尾浪。"

之后,她带着伊凡回到了克朗家岸边的码头,许诺下午还会来找他玩。"如果那些货船还不离开港口的话,我就带你去小溪那边转转。"她一边说,一边让小船轻轻地滑上泥泞的岸边。

"这会儿蛇好多呀。"她四下看了看后说。伊凡也看到了。起码有六七条水腹蛇盘绕在码头的木桩和木板上,乍一看就像一堆备用轮胎。

"你们那边有像这样的蛇吗?"她问伊凡。

这是她第一次问有关他家乡的问题。于是他给她讲了那条蟒蛇的故事,一个细节都没落下,仿佛要是不讲得长一点儿就没法儿回报她似的。她将一只脚从船的一侧跨出去,搭在地上,小船随着轻轻撞击河岸的水流微微地晃动着。她时而惊讶,时而微笑,听得兴致盎然。

"我们这里不能带蛇去学校。"她听完后说,"蓝游蛇没有毒,但是你没法儿让它们老老实实地待在盒子

伊凡的画像

里。"

"多谢你的玉米面包。"伊凡说。

"好说。"她说完,用脚蹬了一下,将小船推离岸边,然后沿着河岸向她家划去了。

第七章
叫作"周日"的困境

伊凡在草坪上见到了马特。他手里拿着一个速写本,冲伊凡挥了挥手:"早上好!""我已经坐船到河上逛了一圈了。"伊凡说。"我看到了。"马特回道。

曼德比小姐今天裹了一条绿色的头巾。她将那张坏掉的摇椅倚着墙支了起来,这会儿正坐在上面朝伊凡微笑着,腿上依旧放了一本打开的书。

"看看这紫藤花!"她说,"再闻闻这空气!你们知道吗,克朗太太有好几千本藏书,她请我帮助她给那些书做分类整理,除了她特别想留下的,其余的全部都送到

伊凡的画像

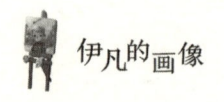

图书馆去。我们打算在午餐后就开始这项工作。我觉得,我现在一定是在做一个非常美妙的梦。"

"我刚才到河上逛了一圈。"伊凡说。

"克朗先生跟我们说了,吉妮瓦就住在附近,她会经常来找你玩的。"曼德比小姐说。

"巴吞鲁日、查塔胡奇和曼达林这些地方都在哪儿呀?"伊凡问。

"巴吞鲁日在路易斯安那州。"曼德比小姐说,"至于你说的另外两个地方嘛,我在客厅里发现了一张印制精美的美国地图,咱们一会儿可以在上面找找看。查塔胡奇,多么与众不同的名字,它应该是在佛罗里达州。"

伊凡和曼德比小姐走进客厅。这里如同一个幽暗的大洞穴,里面摆放着笨重的、装填了厚厚软垫的雕花家具,乍一看就像是一群巨大的癞蛤蟆。落满灰尘的红色落地窗帘将窗户遮得严严实实。墙上画像里的人仿佛把一衣柜的衣服都穿在了身上,他们表情僵硬,视线

Portrait Of Ivan

仿佛可以追随着在屋子里走动的人转。曼德比小姐在地图上找到了查塔胡奇和曼达林,它们都在佛罗里达州,而且曼达林离安布尔维尔只有几英里远。

她回门廊读她的书去了。伊凡则在克朗家的大宅里闲逛起来。有些房间一件家具都没有,地板上积了厚厚的灰尘,他甚至可以直接用手指在上面画画。他想到了吉妮瓦,觉得她很与众不同。他班上的女孩子——至少是她们中的大部分,不知不觉地就变成了如今不太讨人喜欢的样子。她们经常做作地假笑,当老师让她们和男生排成一列去吃午餐或是去图书馆的时候,她们又会做出一副抗拒的表情,还发出恐怖的尖叫声,逼得老师忍无可忍地叫她们闭嘴。

午餐后,伊凡到码头上去等吉妮瓦,并且没有忘记先跺一跺脚把蛇吓跑。当他看到她的小船如约出现在河岸边的时候,他感到非常开心。随后,吉妮瓦告诉他,那些大船依旧停在港口没有动弹,所以他们还是去小溪那边玩好了。有好几条小溪汇入这条大河,不过只有

伊凡的画像

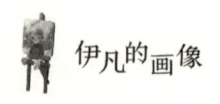

一两条足够宽,也足够深到能让小船通过。

他们逆着溪流而上,伊凡觉得自己仿佛进入了一部丛林电影之中。长长的藤蔓从粗壮的树枝上垂下来,树干被掩藏在了茂盛且生机勃勃的灌木里。溪水闪着微光,泛着涟漪,流经某个地方时会突然变得平缓下来,汇聚成一小片神秘的池塘。池底能看到鱼儿黑色的剪影,偶尔还会有散发着甜香的花朵飘落到水面上。此时正值夏日炎炎,这些西班牙松萝①、藤蔓和花枝的下方却格外的凉爽怡人。

"我给你带了我的书。"吉妮瓦说。伊凡的心一沉——又是一个爱看书的!

但她放到他手上的只是一本剪贴簿。"我要把世界上的一切都画下来。"她一边说,一边把船锚别在溪岸边的一块石头后面,"愣着干吗?打开看看呀!"

他翻开第一页,发现她画了很多幅小小的画,有些

---

①一种寄生植物。

Portrait Of Ivan

小到他得眯着眼睛才能看清。上面有一把叉子、一只蟾蜍、一只海鸥、一口煎锅、一枚大头针、一个橘子、一只女式皮鞋、一个汽车轮胎、一个带双水龙头的洗手池、一根树枝、一个门把手、一个瓶子、一个杯子、一条蛇、一把锤子、一支船桨、一条串珠项链、一片棕榈叶,还有一只蚂蚁。

"还有好多呢。"她说。于是他翻到第二页,上面有一副眼镜——其中一只镜片后面还画了一只蚱蜢,一扇大门、一张长椅、一小堆圆形石头、一副听诊器、一张一美元纸币、一只狗、一本书、一把折叠小刀,以及一个盛麦片的碗。他就这样一直翻完了整本"书"。画这么多东西一定花了她好长好长的时间吧,他想。等他全部看完后,一直安安静静坐在船头的吉妮瓦开口说:"现在,看看封面。"

他把剪贴簿合起来,只见封面上用大大的绿色字母写着——

伊凡的画像

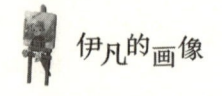

万物之书,第一卷

观察及绘画:吉妮瓦·科雷恩

"你觉得怎么样?"她问。

"棒极了!"他说。在他的印象里,这几个字从没有从他的嘴巴里说出来过。虽然他听别人说过一两次,可他自己从未说过。接下来,他给她讲了他的母亲、外婆和舅舅一起离开俄国去华沙的故事,还讲了马特是如何一步一步地把他们乘雪橇车穿越边境线时的情景画出来的。

"真想看看那幅画。"她说。

"我不知道他是不是带来了。"

"回去看看不就知道了!"说着,她麻利地将锚收回来,让小船顺着溪流而下回到河面上,然后再划回克朗家的码头。

大家正坐在门廊上喝柠檬汁。克朗太太看上去有些心不在焉,她招呼伊凡和吉妮瓦喝柠檬汁的时候,把饮料都洒在了托盘上,或许是因为她还沉浸在刚刚那场和曼德比小姐的激烈讨论中吧。讨论是围绕着一名叫爱默生的诗人所展开的。她看到自己的失误后,只是笑了笑,马上又给他们倒了满满的两杯。

马特果然把那幅画带来了。他带着伊凡和吉妮瓦来到他位于一楼的房间。伊凡刚一走进去就笑了,因为马特已经把这里搞得和他自己那间画室一模一样。他把所有家具都推到了角落里,只在屋子中间留了一张长桌,上面还铺了报纸。报纸上堆满了马特的绘画工具——调色板、小刀、铅笔、画笔刷、颜料,还有一摞速写本。他把本子挪开,把那幅画取了出来。

吉妮瓦注视着画中的雪橇车、哨兵、马匹、车夫、松林和岗哨,看了很长时间。

"你还没画坐在雪橇车里的人。"她终于开口说道。

"没错。"马特说,"我会画上他们的。"

"给他看看《万物之书》。"伊凡对吉妮瓦说。

她把剪贴簿递给了马特。他拿着它走到窗边,翻开

伊凡的画像

了第一页。伊凡很喜欢马特将吉妮瓦的作品拿到窗边看这一举动,那里光线更好,他能看得更清楚。伊凡说不清自己为什么喜欢,反正,马特就是会这样做的人。

马特每一页都看得很仔细,看完之后,他对吉妮瓦说:"你画的每一样东西我都喜欢,特别是眼镜后面的蚱蜢那一幅。蛇也画得很传神。不过除了盘成一团的样子,你还可以画一些蛇其他的形态,比如半盘着、从树上垂下,或者卧在树枝上休息什么的。你画的形态越多,你对蛇了解得就越多。"他把剪贴簿还给吉妮瓦,跟着又递给她两支炭笔:"你也可以试试用这个来画。即使断了也没关系,多小的一块都能继续用。"

之后,吉妮瓦和伊凡再次回到小船上,向她家岸边的码头划去。伊凡手中握着的桨总是滑脱,但吉妮瓦只是说:"再多划一会儿你就熟练了。"然后,她告诉他,从克朗家的大宅到她们家还有一条林间小路可以选择:"我回头指给你看,走那儿比划船快,不过不如划船好玩儿。"

Portrait Of Ivan

吉妮瓦家房子四周的草已经长得快跟门廊的台阶一样高了。从克朗家的大宅来到这里,就仿佛从一座大型火车站换乘到了一个乡间小站。过道只有几步长,还被楼梯占据了大半部分。空气中有一股潮湿发霉的味儿,混杂着旧家具和木蜡的味道。吉妮瓦的房间光秃秃的,墙壁刷的白浆,唯一有变化的地方是湿气在白墙上洇出的痕迹。天花板正中垂下来一根电线和一个孤零零的灯泡。在通往过道的门边摆着一双鞋底很厚的棕色鞋子。

"上学穿的。"注意到伊凡在盯着那双鞋看时,吉妮瓦说道,"划船穿不方便。"

一张小桌子上放着几本课本,还有一本打开的剪贴簿。"第二卷。"吉妮瓦在伊凡走过去看的时候向他介绍道。打开的这一页上只画了一样东西,是一个支脚形状像动物爪子的浴缸。

"我家的浴缸。"她说,"这一页会画盥洗室里的所有东西,包括牙刷和我小姨攒的肥皂头。"

伊凡的画像

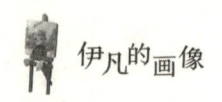

厨房里,吉妮瓦的小姨维勒小姐正在锅里搅着什么东西。

"把你的头发梳好,吉妮瓦。"伊凡一听她说话的口气就知道,这话她之前应该已经说过一千遍了,"你就是伊凡吧?你的样子和吉妮瓦形容得完全一致。她可善于描述和形容了。你肯定认为,她这么会说话,语文老师留的小作文她一定能完成得不错吧?大错特错!她总是忘记点标点,还弄得作业本上到处都是果酱。吉妮①,要是你能把你的头发梳好,说不定作业也能完成得更好哟。"

"我们能吃点巧克力饼干吗?"吉妮瓦问。

等他们走进房子后面的小花园,吉妮瓦说:"只要你问他们些什么,他们就会完全忘记之前让你做的事。或者,你干脆什么都不说,他们没过一会儿就会把自己说糊涂了。这就是大人才具备的优点——健忘。"

---

①小姨对吉妮瓦的爱称。

Portrait Of Ivan

吉妮瓦的头发看上去像一团黄色的藤蔓。

她带他看了那架永远"不在调儿上"的钢琴。伊凡弹了几个音,想听听看它走音走得到底有多夸张。然后,他们回到岸边的码头。这里只有一块木板还钉在原处,其他的都浸在浅水里腐烂着。

"我家里人一直没有修这个的打算,所以我一般都在克朗家的码头附近玩。"她说着,抬头看了看天,"我爸爸教过我如何预判天气。而据我现在判断,天马上就要下雨了。"可在伊凡看来,此时的天空就和上午一样晴朗,一样湛蓝。

但没过多久,就在他们走在那条吉妮瓦所说的林间小路上时,伊凡便听到了雨水拍打在树叶上的声音。好在,茂密的树冠将雨水暂时挡住了,他才没有被雨淋到。森林里静悄悄的,只能听到他们自己的脚步声。吉妮瓦告诉他,之前有一次,她从这条小路的一头儿走到另一头儿,全程只发出了一种声音,就是在一条蛇突然从树上掉落到她的脚背上时,她尖叫了一声。

伊凡的画像

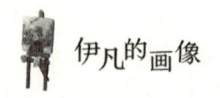

"只是太突然了而已,其实我一点儿都不怕蛇。"她补充道。她说在那之前,她用这种神秘的方式走这条小路已经一年多了,几乎从没发出过声音,用她的话讲——"就像一个幽灵"。但意外在所难免。听完这话,伊凡的步伐变得僵硬起来,他不时地抬头去看头顶上那些粗壮的枝丫,以防有蛇或是其他什么东西突然掉落到他身上。等他们走出森林,来到克朗家的草坪上时,雨还在下着。

"明天我叫上阿莫斯一起过来,这样他就能给你讲一讲他的花了。"她说。

那天晚上,马特带着伊凡到南杰克逊维尔看了一场电影,之后去快餐店吃了汉堡,还有硬邦邦的法式炸薯条。接着,他们又玩了一个多小时的弹球机。等他们回到大宅的时候,所有灯都熄了,只有一点儿微弱的亮光从门廊里透出来。

夜空晴朗,一轮满月挂在大河正上方,河水在月光的照耀下闪动着点点银光。在这样的夜里,大宅看上去

Portrait Of Ivan

像是被注入了生命与灵魂。伊凡觉得,他们仿佛误入了一个私密的空间,这里的一切事物都有它们自己的行事法则,与他和马特无关,与任何人都无关。这里的空气、月光,以及水波轻拍河岸发出的微弱声响,都带有一种简单而又神秘的韵律,就像是有一群巨大的、令人难以想象的生物,正在夜色中静静地蛰伏与呼吸着。

转天一大早,伊凡就发现吉妮瓦坐在她的那艘绿色小船里等着他,他们一起出发去赶尾浪。这回,他们运气不错,因为其中一艘大货船正要离开码头,即将开启它从河流进入大洋的旅程。

在大船激起的尾浪里,小船先是一头扎进波谷,接着又猛地仰头冲上波峰,来回地颠簸起伏着。伊凡和吉妮瓦紧紧地抓住船帮,一会儿发出尖叫,一会儿又大笑起来,双脚随着颠簸的船身一次次地抬起又落下。等波浪终于趋于平静时,伊凡发现自己已经全身都湿透了。

那天下午,他沿着那条林间小径走去吉妮瓦家。他走路的动作十分僵硬,就像是有人把一个衣架塞进了

伊凡的画像

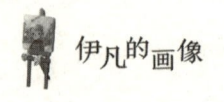

他的衬衣里，随手一提就能把他提进衣柜、挂到衣杆上去似的。在吉妮瓦家的房子前面，他看到了一辆汽车，很像哈利那辆，只不过这一辆的车身上落满了灰尘，里面也没有花瓶。

他随即知道，原来车子竟然是阿莫斯的。这让伊凡感到很震惊，他完全想象不到一个比他大不了几岁的男孩子居然能被允许驾驶汽车。看着这辆车，回想着自己在城市里的生活，伊凡意识到，自己之前去任何地方都是有某个成人陪在身边的，在一天当中的任何时刻，他的手里都握着一根绳子，而绳子的另一端被轮流地握在那些成人——老师、校车司机、管家或是某个亲戚的手中。后来，他遇到了马特，他周围的空间开始变宽、变广。放开手中的那根绳子固然是件令人忐忑不安的事，但他从此以后或许就可以变得步伐轻快起来，而不再像以往那样走得沉重与缓慢了。

过了一会儿，阿莫斯·亚当斯从吉妮瓦家走了出来，他穿着一件白衬衫、袖子是挽上去的，手里捧着一

Portrait Of Ivan

个陶罐,里面是一株巨大的百合花。他长得又高又瘦,脸上带着天生的笑模样,看起来有点儿像马戏团的小丑。他带来这株百合花是要送给吉妮瓦的,但不知道该把花放在哪儿。最后吉妮瓦让他随便放到什么地方都可以。接下来,他们三个人坐在门廊的台阶上聊天儿。阿莫斯一直没有提起他发明的那种新奇的花,而是谈起了他的狗,以及他教给它们的众多把戏。

"阿莫斯懂的非常多。"他们聊着聊着,吉妮瓦突然插进来一句。这让伊凡有些小小的嫉妒,他想,这世上大概没人会说一句"伊凡懂的非常多"。

"只在某些事情上啦。"阿莫斯谦虚地补充道。

维勒小姐说,如果他们愿意到花园去坐一会儿,她就给他们泡一壶冰茶送过去。他们在那里待了一个小时左右,喝着琥珀色的茶水,聊着有关狗和蛇的事。阿莫斯解释了你永远无法让一条蛇变得友好的原因:因为蛇是从蛋里孵出来的,它们从刚一出生就是自己照顾自己,和它们的父母没有任何亲情的联系。

伊凡的画像

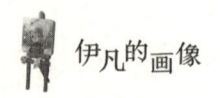

"它们的父母只会或美丽或丑陋地躺在那儿,一点儿都不管自己的孩子。不像狗,从一出生就有妈妈陪在身边。所以你能跟狗成为朋友。"

伊凡将这几句话琢磨了好一会儿。他有点儿担心。他不知道自己和蛇宝宝之间是不是有一种隐隐约约的相似之处。可与此同时,他又知道自己这样想很荒谬。毕竟,一直都有人照顾他。而且,他对人很友好的。

下午晚些时候,阿莫斯开车带他们去位于曼达林的家去看他的狗。半路上,他们停了一会儿,好让阿莫斯将一条长长的蛇从车子前面的路上拖走。它当时伸长了身子横在路上,正在呼呼大睡。

"肯定是刚刚吃饱。"吉妮瓦说。

伊凡终于将他和蛇有共通之处这个想法从脑袋里赶出去了。他们除了都生活在地球上、都会呼吸以外,不会再有什么交集了。

阿莫斯家的房子确实比克朗家的大宅更漂亮,可是没有那里有趣。房子很新,几码远之外有一条小河。

Portrait Of Ivan

河岸边种了一排树,树枝低垂,有的都已经浸到了河水中。他们坐在岸边的时候,阿莫斯的狗一直围着他们玩耍嬉戏,个个皮毛乌黑发亮。阿莫斯有属于他自己的花园,供他培育那些实验性的花卉品种,他的房间里也摆满了一盆盆的植物,还有很多书籍。

伊凡走到阿莫斯的显微镜前,低下头。起初,他什么都没看到,直到阿莫斯在一块玻璃片上放了个什么东西,再把玻璃片滑到目镜的下方。伊凡看到了一个巨大的、潮湿的,像是在发光的泡泡,里面有凹陷、有凸起,还有一些漂来漂去的东西。他的视线从目镜上移开,去看阿莫斯放到下面的那块玻璃片,那上面只有一片绿色的叶子,叶子上还有一颗水珠。伊凡想知道,如果万事万物都能透过显微镜去看的话将会如何,反正,要是他能拥有一双像显微镜一样的眼睛就好了,那他的所见所想便再也不会同其他人一样了。

那天下午他回去时,看到阿廖沙摇着尾巴趴在门廊上。猫眼里看到的他,和他自己看到的自己是一样的

伊凡的画像

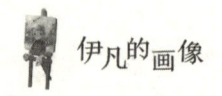

吗?他弯下腰,凑近些去看阿廖沙的眼睛。它们很特别,像是一对果冻做的小月亮。突然,阿廖沙腾空一跃,从他的身边跑掉了。曼德比小姐正好从房子里走出来:"你肯定是盯着它的眼睛看了。一有人这么做的时候它就会这样。当我遇到这种情况的时候,我也会有跑掉的冲动,只不过不会真的付诸行动罢了。"

他朝曼德比小姐笑了笑。他对她说的话有些似懂非懂,不过这也没什么大碍。他父亲说话也总是很简短,短到伊凡真的能数出里面有几个字。不过在他父亲同他说过什么之后,他总会觉得自己有一大堆的问题想问。比如,"我去芝加哥了",他父亲会这样说。伊凡听后便会有些烦躁不安,但也只能劝慰自己父亲说得已经够明白了。

但其实,他并不明白父亲对他说那句话的意思。当然,他懂得字面上的意思——他父亲会在一座城市的机场坐上飞机起飞,然后到另一座城市的机场降落。但那句话到底代表了什么意思呢?

Portrait Of Ivan

他给曼德比小姐讲了阿莫斯和他家的房子。

"你在他家有没有看到什么书?"曼德比小姐问。

"他自己的屋子里有很多书,都是关于植物啦,狗啦之类的书。"

"嗯,那这孩子没问题的。"曼德比小姐一边掸掉裙子上的灰尘,一边心不在焉地说,"我必须回去工作了。我们已经找到三套沃尔特·斯科特爵士[1]的作品了。简直令人难以想象!"

伊凡来到马特的房间。画家正在看白天画的速写,一边看一边将一两张放到一边,将其余的都塞进一个纸袋子里。

"我刚才还想到你呢。"马特说,"坐吉妮瓦的小船出去一定棒极了吧?"

"是的。"伊凡说。

"我正打算给雪橇车里面添点东西。"马特说着,将

---

[1] 英国小说家、诗人。

伊凡的画像

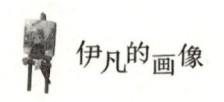

画取出来在桌子上展开。接着,他拾起一支黑色蜡笔,低头盯着画纸瞧。

"像最近这样整天在户外写生其实还挺新鲜的。"他说,"过去,画家们都是在大自然中作画的,但时代变了。"

马特的手在雪橇车上方游移不定,伊凡不禁感到一丝紧张——也可能是兴奋。随后,马特开始画了起来。

"是曼德比小姐!"伊凡叫道。没错,的确是她,只不过这位曼德比小姐头上戴的不是头巾,而是一顶厚厚的毛皮兜帽。她缩在雪橇车的一角,全身几乎都被裹在一件毛茸茸的袍子里,目光紧紧锁定在她和车夫中间的那块空白处。

"我想把阿廖沙也画进去。"马特说。

"你觉得我外婆他们会带着一只猫?"

"也不是没可能嘛。"几分钟之后,一只小猫便出现在了画面中,就在那个看上去是曼德比小姐,而实际上

Portrait Of Ivan

是他外婆的老妇人的腿上蜷缩着。

"接下来,"马特说,"是你的舅舅。"他在老妇人的旁边画了一个和伊凡年纪差不多的男孩,那男孩长得和画家本人有点儿像。说来也怪,雪橇车里的那块空白看起来仿佛比刚才还要宽敞些。伊凡依稀觉得,他的母亲其实已经在那里了,就藏在画纸里面,等待着画家让她显露真颜。

那天晚上,曼德比小姐说伊凡必须要学会打桥牌,这样他就能在她与克朗夫妇的对决中给她做搭档了。吉尔伯特叔叔几年前教过他下象棋,但是打桥牌和下象棋没有一点儿相似的地方。或许是因为他学得很快,他觉得桥牌还挺有意思的。曼德比小姐提醒他,要在练习很长时间之后他才能成为真正的桥牌高手。

他们四个人围坐在客厅里,桌子摇摇晃晃的,头顶上方的琥珀色吊灯散发出昏暗的光芒,偶尔还会闪动几下。马特独自坐在一个角落,翻看着克朗家的照片簿。早已离世的克朗祖先们则从墙上各自的画像里垂

伊凡的画像

眼注视着大家。

曼德比小姐将游戏的分数记在一张纸上,最后,还是克朗夫妇赢了。在伊凡为自己没能帮助到曼德比小姐而道歉的时候,她微笑道:"对我来说,重要的是游戏本身,而不是输赢。"

转天早上,吉妮瓦宣布他们今天一定要去游泳,只不过要等到中午,因为那个时候的天气是最热的。

整个上午,伊凡都没怎么说话。一想到自己要从码头上跳进成千上万条蛇中间,他的腿就开始打哆嗦。每一分钟,他都想直接同她说自己做不到,但直到他换好泳裤重新和她在码头碰面的时候,他才终于开口说道:"吉妮瓦,我真的很怕那些水腹蛇。"

吉妮瓦用拳头对着码头上的木板一通猛敲,紧跟着,伊凡便听到了一阵令人毛骨悚然的水花声。她走过来站到他面前:"我从三岁起就在这儿游泳了。克朗一家会等到天热一些了再来游。住在河两岸的所有人家都在这条河里游了这么多年,从没有人被水腹蛇咬伤过。除了有一次,小姨跟我说有一个人因为待在水里太长时间得肺炎死了。但那不一定是真的,因为大人有时会为了让你听话而编故事。不过,你总得有个可以百分百信任的人,而那个人就是我。"

她一边说着一边从他身边慢慢退后,等最后一个字说完时,她已经飞快地冲了出去,然后,纵身一跃,跳入了河水中。一阵巨大的水花声和一声尖叫之后,吉妮瓦顶着湿漉漉的头发从水里面冒了出来,笑容满溢的脸庞在阳光下闪闪发亮。

对伊凡来说,这一刻实在是难熬极了。他犹豫不决地僵在原地,望着河水,望着水中像小狗抖落身上的水珠那样兴奋地甩着头的吉妮瓦。就在这时,马特的声音突然从伊凡的身后传来:"多妙的主意!这正是我想要做的事呀,游泳!而我之前竟然没想到!"

仿佛有什么魔咒被解开了似的,伊凡的脚又能动了。他鼓起勇气跳进了水中。几分钟后,马特也加入了进来。他们在附近游了一会儿,随后爬上岸把身体晾

伊凡的画像

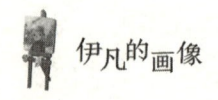

干。伊凡感觉棒极了,连骨头里都透着凉爽和惬意。不过,他并不觉得自己真正克服了恐惧。吉妮瓦仿佛知道他心里所想,因为她说:"你得习惯不要想太多。"

之后她没有再邀请他一起下河游泳,他为此很是感激。每天早上他们都乘小船出去玩,没有大船起航的时候,他们就去小溪那儿。有一次,他们在溪边野餐,是曼德比小姐在克朗家那间又大又潮湿的厨房里为他们准备的特别料理。吉妮瓦说,这是她有生以来最棒的一次野餐。还有一次,阿莫斯来了,开车载着他们去海边。他们在棕榈树和灌木之间艰难地穿行了好久,直到一片高大的沙丘突然出现在眼前。沙丘的后面就是广阔绵延的海滩了,海滩上空无一物,只有海鸥在上空飞翔。他们三个人在沙丘上打滑梯玩,阿莫斯将那些生活在湿润沙子里面的小生物指给他们看,给他们讲解了叶片边缘如利刃一般的海草是如何在不断移动的沙子里生长的,以及海浪是如何将石头研磨成细沙的,他还教他们如何通过沙子现在的颜色判断它原本是什么种类的石头。

他们回到家的时候,满身都是海水蒸发后留下的黏糊糊的盐渍和已经粘在一起的沙子。维勒小姐正在厨房里烤面包,阿莫斯、吉妮瓦和伊凡站在餐桌旁,眼巴巴地盯着她从炉子里取出四块新烤好的面包,然后往其中一块上面抹黄油。接下来,她给他们仨每人切下厚厚一片热面包,再从一个安有纱门的小柜子里捧出一个白色的大碗,里面是刚做好的苹果泥,散发着柠檬和肉桂的香气。最后,她又给他们倒了满满三大杯冰牛奶。

"我爸爸总是把过得很开心的一天比作'在海边的一天'。我现在明白这话的意思了。"吉妮瓦说。

"明天就是周日了。"阿莫斯说,"再过一天就是周一了。"

"又该上学了。"吉妮瓦说。

伊凡什么都没说。他陷入了一个叫作"周日"的困境。明天他就得回家了。

伊凡的画像

他回到克朗家的大宅时，曼德比小姐给他传了条口信。"你父亲从加拉加斯打电话过来了。"她说，"他乘坐的飞机明天会降落在杰克逊维尔机场。马特会开车送你过去，然后你和你父亲再搭乘另一架飞机回家。他还让我问你，是不是拍了足够多的照片。"

伊凡的照相机在他的房间里，镜头朝下地被埋在一堆脏衣服下面。相机里面有一卷胶卷，还有另外三卷胶卷是父亲为了这次旅行专门给他带的。他一张照片都没有拍。事实上，他已经完全忘记自己还有照相机这码事了。

现在的光线还足够拍上几张照片。爸爸会喜欢什么样的照片呢？码头上垂下来的水腹蛇？他端起照相机，然后又放了下来。他不打算拍任何照片了。他可以告诉父亲镜头里进了沙子。

不。他也不会这样做。他什么都不会解释。他会说他根本没想到要拍照片，而这就是事实。

克朗太太为他在大宅的最后一晚准备了晚餐派

Portrait Of Ivan

对,餐桌上摆放了成堆的炸鸡、玉米面包布丁和天使蛋糕①。马特还做了一夸脱②的巧克力冰激凌,伊凡看着他坐在厨房后门的台阶上,在暮色中摇动着冰激凌机的手柄。

那天晚上,当伊凡要上床睡觉的时候,他突然对整栋大宅都害怕起来,仿佛它正在用某种方式和他对抗。他清醒地躺在黑暗中,听着外面的风声,还有这栋老旧的房子发出的"嘎吱嘎吱"的呻吟声。后来,阿廖沙悄无声息地溜进了他的房间,跳上床,挨着他躺下,不一会儿就发出了轻柔的呼噜声。伊凡把手搭在阿廖沙的一只爪子上,终于也渐渐进入了梦乡。

周日的早上,吉妮瓦没在小船上等他。他和马特九点钟就要出发,于是八点钟的时候,伊凡穿过树林去吉妮瓦家。

她正待在客厅里,头发梳得整整齐齐的,用一条桃

---

①用面粉、蛋白等做成的松软蛋糕,常为环状。
②美制计量单位,一夸脱等于0.94升。

伊凡的画像

粉色的丝带扎在脑后,身上穿着一件古板的老式连衣裙,脚上是那双上学时穿的棕色厚底鞋。此刻,她坐在窗边,注视着窗外的河水,看起来和平时的她完全不一样。

"我要和小姨一起去教堂。"看到伊凡走进来,她对他说,"所以我才穿成这样。我爸爸就不会非要求我去教堂,他觉得去不去都可以。可他现在不是不在家嘛。"

伊凡在钢琴凳上坐下。他们都沉默了一会儿。然后,伊凡开口说道:"我得走了。我爸爸应该快到了,我们会一起坐飞机回家。"

"我还没坐过真正的大飞机呢,只坐过二十分钟那种单翼小飞机。"她说,"他们总在周末搞试飞活动,能让想知道飞行是什么感觉的人去体验一下。"

"你早上一般几点去学校呀?"他问。

"我要走到外面的公路上,去等八点零五分那班的校车。不过它总是迟到。"

"好吧,我得走了。"他说。

Portrait Of Ivan

他盯着她的侧脸看了一会儿,意识到她一直都没转过脸来看自己。紧接着,他看到一颗巨大而透明的泪珠正沿着她的脸颊慢慢滑落下来。他大吃一惊,就像被人突然叫到名字一样"腾"地站了起来。就在这时,她转过脸来,并没有去擦眼泪,而是朝他伸出了一只手。他握了握她的手,然后便转身走出了房间。

"要是你什么时候想打高尔夫球,或许可以再到这儿来,试试新的球场。"她说。

当他再次踏上那条林间小路时,刚刚在吉妮瓦家的一幕便又浮现在他眼前——吉妮瓦穿着一本正经的裙子和鞋子,默默地坐在那里——仿佛那已经是一段很久远的回忆了。他没想到,有人竟会为了他的离开而悲伤。他从没这样想过。

第八章
回家

"玩得还开心吗？"飞机驶离跑道的时候，父亲问道。

"是的。"绑紧的座椅安全带让伊凡感觉自己像个犯人一样。

"今天下午咱们一到家，我就把你拍的照片送去冲洗。"

"我一张照片都没拍。"伊凡说。

"一张都没拍?! 如果你都不用，那些昂贵的器材留着又有什么意义？如果你不留下任何记录，那去旅行又

Portrait Of Ivan

有什么意义?"

"我忘了。"伊凡小声地说,"直到曼德比小姐说你打过电话,我才想起来这件事,然后我才从衣服底下把照相机找出来的。"

"当有一天你想看看自己都去过什么地方,那个时候你怎么办?"

"我知道自己都去过哪里!"伊凡叫了出来。

"我就不应该花那么多钱给你买那些照相机!"

过了一会儿,乘务员通过机上广播通知乘客,他们正在北卡罗来纳州的上空飞行。伊凡一直在看一本杂志上的图片,觉得它们实在是无趣,于是开口说道:"可是你也没有妈妈的照片。"

他的父亲没有立刻回答。伊凡抬起头,发现父亲将脸扭到了另一边,正死死盯着几个正从走道经过的乘客看。伊凡真希望时间能够回到两分钟之前,他还没有说出那句话的时候。这时,父亲把头转了回来。

"我有一张。"他说,"我把它留了下来,是在我们举

伊凡的画像

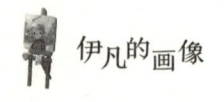

行婚礼那天拍的。如果你想看,我回去会拿给你看。我把其他照片都寄给你在巴黎的舅舅了,因为我发现,我把全部的时间都花在了看那些照片上面。"

这次父亲说的话,伊凡都听懂了。

那天下午,他还没来得及整理自己的帆布包,父亲就把照片给他拿了过来。

照片是在一片草坪上拍的,当时一定是有风吹过,因为她正用手压住自己的宽檐帽,帽檐已经被风吹得卷了起来。伊凡看着这张照片,看了很久很久,在此期间,父亲一直静默地站在门口。

她和伊凡想象中的样子完全不一样。她很瘦,脸窄窄的,深色的鬈发垂在脸颊两侧。她的身上穿着套裙,一只脚正从尖头高跟鞋里半抬起来。

"我很喜欢这张照片。"父亲突然开口说道,"她穿的那双鞋是为了婚礼特地准备的新鞋,太紧了。她一直穿着它们招待婚礼上的宾客,站了很长时间。我拍这张照片的时候,她正偷偷躲到一边休息,以为周围没有

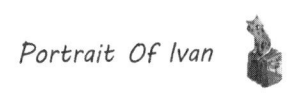

人,就把脚从鞋子里拿了出来。"

伊凡将照片还给他。父亲将它收好后,说他现在得去趟办公室,把所有事情都检查一遍。

下午的晚些时候,吉赛尔过来给伊凡做晚餐。父亲打电话回来,说他那天会忙到很晚。伊凡见到吉赛尔时很开心,一个人坐在餐桌边吃饭时也并没觉得怎样。可到了晚上,当他独自躺在床上时,他感到难过极了,很久很久都没睡着。短短十天时间,一切都变得和从前不同了,那感觉就像是他已经搬家到了另一个城市,甚至另一个国家,一切曾经熟悉的东西现在都变得陌生了。

他猜,自己或许不会再见到曼德比小姐了,她还要留在克朗家,帮助克朗太太整理那些书籍、瓷器和藏画。而马特说,等他把哈利的车开回家后,只需要伊凡再去画室一次就可以了。人们要么留在了远方,要么渐行渐远,没有什么是一成不变的。

转天在学校里,没人问他去了哪里,他也并不在意,因为他不想和任何人谈论那个地方。不过渐渐地,

伊凡的画像

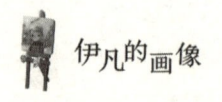

这一天也就和之前在学校里的日子没什么分别了。

周三的时候吉尔伯特叔叔来家里了,这让伊凡的心情好了许多。他给吉尔伯特叔叔讲了蛇和小船,讲了吉妮瓦和阿莫斯·亚当斯,还讲了那条河。吉尔伯特叔叔随后告诉他,这个夏天他可以带伊凡去巴黎旅行,他要去那儿参加一个国际钱币学家大会。

"一个什么大会?"伊凡问。

"全世界收藏、买卖钱币的人的聚会。"吉尔伯特叔叔回答道,"我想你会乐意跟我去见见你的舅舅,那个你从未见过面的舅舅。他就住在巴黎,我上个月跟他通过信,想确定他八月的时候在不在。我之前没和你提,是怕你空欢喜一场。不过现在我知道了,他会在,而且,他特别期待能够和你见面。你知道吗,你还有几个从未谋面的表哥和表姐呢。他们都比你大。"

"我见到了我妈妈的照片。"伊凡说,手里摆弄着叔叔带给他的积木玩具。那些积木彼此相扣,拼成了一个苹果的形状。

Portrait Of Ivan

"你是怎么做到的?"吉尔伯特叔叔问。

"我问爸爸,为什么他没有妈妈的任何照片,他说他有一张,然后就拿给我看了。你还记得你是个婴儿的时候是什么样子的吗?"

"这可难倒我了,孩子。"吉尔伯特叔叔说道,"我也许还记得,但是我记不得我还记得的是什么了,不知道我这么说你明不明白。总之,你的母亲是个非常好的姑娘。他们结婚后,你父亲把她从巴黎带到这里来,她见到我的第一件事就是给了我一个拥抱。她那时几乎一句英语都不会说,只会说俄语、法语、意大利语和一点儿德语。"

积木突然间散落开来,变回了一个个的小木块儿。伊凡盯着它们看了好久,试图找出重新拼回去的方法。

"她是怎么死的?"最后他问。

吉尔伯特叔叔回答得如此迅速,仿佛他一直都在等待着这个问题。

"她从我们身边游开了。"他说,"她太爱游泳,往外

伊凡的画像

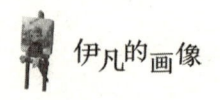

游得太远了,之后就没能回来,溺水而死了。"

"我当时在哪儿?"伊凡将积木一丢,接着问道。

"躺在沙滩上的一条毯子上,正努力品尝着沙子的味道。"

"你们没试着去救她吗?"

"我们都尽力了。但太迟了。"

伊凡看着他的叔叔,看了好久好久,直到他的叔叔说:"我记得一首诗,我想把它念给你听,伊凡。"

"我不是很喜欢诗。"伊凡说。

"只此一首……"

"好吧。"伊凡说。

吉尔伯特叔叔清了清嗓子,开始朗诵:

　　他漂浮着,手臂伸向骄阳下的海浪,
　　　那一幕破碎了,蜕变成永恒。
　　在大海中那没有墓碑的坟冢之间,
　　　阳光下唯有一片波光粼粼的墓园。

Portrait Of Ivan

在他被埋葬的眉眼和双唇之上,

蜂拥而来的,是带他回家的小船。

他朗诵完,伊凡说:"这是一首关于'他'的诗,不是'她'。而且我听不懂诗的意思。"

"这是写给所有溺水的游泳者的诗。"吉尔伯特叔叔说。

几天之后,马特打电话来,请伊凡周六的时候过去。伊凡到那儿的时候,画室的门是开着的。马特站在屋子中央,头戴他那顶牛仔帽,冲着伊凡微笑。伊凡跑向他,马特一把将他抱住,说:"见到你真是太好了!"接着,他向伊凡展示了他给克朗家的大宅画的全部速写,还告诉他有关曼德比小姐的近况,说她在那边待了一个月有多么的开心。而吉妮瓦每天下午放学后都会过去,问候一下大家。

伊凡还是坐在那把老旧的木头椅子上。他们还是用锡质的马克杯喝咖啡。随后,马特告诉伊凡,他很快

伊凡的画像

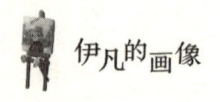

就要去旧金山了。

"对于一个画家来说,那边的生活开销会少很多。"他说,"而且冬天也没那么难熬。"

"你不会再回来了吗?"

"噢,我会回来的。"马特说,"我总是会回来的。"

"我叔叔也许会带我去巴黎短途旅行。"伊凡说。

"你很幸运。"马特说,"能去巴黎是一件很幸运的事。"

他们一起去看马特画的雪橇车。

"我见到了我妈妈的照片。"伊凡说,目光流连在雪橇车里仍是空白的那一处,"我觉得我在知道她的长相以前,对她的记忆反而更真切。"

"你之前跟我说她去华沙的时候是几岁来着?"马特问。

"三岁左右吧。不过我觉得这并不重要。"

到了伊凡要离开的时间了,马特说他们会再见面的,如果他可以找到一个适宜生活和工作的地方,也许

Portrait Of Ivan

伊凡可以到旧金山去探望他。

伊凡最后一次环视这间画室。他看到那枚钉子,那是天气还冷的时候,他挂外套的地方;还有那把摇椅,他第一次见到曼德比小姐时,她就坐在那上面;还有所有那些马特画画时要用到的东西……最后,他深深地吸了一口亚麻籽油的气味。

"我会去看你的。"他对马特说。

马特大笑起来,说道:"或许我会先去看你呢!"

暑假前的最后一周,伊凡的父亲将他的画像带回了家,同时还带回一个用牛皮纸包着的大包裹。

"这是马斯塔扎先生给你的。"他将包裹递给伊凡,"觉得你的画像如何?"

伊凡看看画像,然后又看看客厅里摆着的那些自己的照片。随后,吉赛尔走了进来,站在他旁边和他一起看着画像。

"这就是伊凡。"她说。

画像里,男孩专注的目光投向画框之外。他坐着的

伊凡的画像

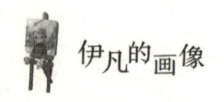

木头椅子微微向后倾斜着,好像他正在用脚将椅子撑离开地面。他的表情淡淡的。伊凡觉得那就是自己给人的感觉。

"挺好的。"他说。

他将那个大包裹带回自己的房间,里面是那幅画好的雪橇车。一张便条从包裹里滑了出来,上面写着:"伊凡,我怕蜡笔容易糊掉,就给它装上了画框。我喜欢给你画肖像,也喜欢画这幅雪橇车。"下面的署名是"你的朋友,马特"。

伊凡注视着那个裹在毛皮斗篷里的小女孩,她坐在老妇人的前方,紧挨着那个长得很像自己的男孩。他一眼就看出来,这个女孩很像吉妮瓦。

他找出锤子和钉子,将画挂在了他从床上也能看到的那面墙壁上。晚饭后,他回到自己的房间,躺在床上,久久地望着那幅画。现在白昼变长了,房间里洒满了薄暮时分的柔和日光。

风雪中,几匹骏马拉着黑色的雪橇车飞驰过雪原,

Portrait Of Ivan

松树的枝丫被厚厚的积雪压得弯下了腰。

一名士兵迎面奔跑着去拦截雪橇车,他手臂前伸,嘴巴大大地张开,像是在喊着什么。那几匹骏马因为出现在视野前方的人而陡然停下,前腿高高地抬起,身体几乎立在了半空中。

雪橇车里挤着两个孩子,他们当时并不知道,这辈子将再也见不到自己的父亲了。那个小女孩也不知道自己即将开始的这段未知旅程,终点会在这里,这个她的儿子正半梦半醒地躺着的房间里。在那一刻,当她身处那寒冷到滴水成冰的空气里,坐在毛皮斗篷和一块一块的东方地毯中间时,她的脑子里在想些什么呢?

接着,伊凡看向那只趴在应该是他外婆的老妇人腿上的小猫。

是阿廖沙。他笑了。雪橇上面全是他认识的人——哈利、马特、吉妮瓦和曼德比小姐。在伊凡心里的某个地方,一直都有一架空荡荡的幽灵雪橇车驰骋在雪原上的画面。而眼下,这一幅已足够好了。